마지막 잎새

KB191266

마지막 잎새

오 헨리 글 | 이은정 · 김동미 옮김 | 이선민 그림

세계의 클래식

〈세계의 클래식〉은 오랫동안 꾸준히 사랑받아 온 문학 작품을 청소년들이 좀더 친숙하게 접할 수 있도록 새로운 감각으로 펴낸 고전 시리즈입니다. 원서에 충실한 번역과 문학성을 살린 풍부한 문장이 작품에 대한 이해와 읽는 재미를 한층 높여 줄 것입니다. 또한 젊은 작가들의 섬세하고 감성적인 그림이 청소년뿐만 아니라 문학을 사랑하는 모든 이의 마음까지 채워 주기에 부족함이 없습니다.

마지막 잎새

초판 1쇄 인쇄 | 2007. 2. 8.
초판 1쇄 발행 | 2007. 2. 16.

글쓴이 | 오 헨리
옮긴이 | 이은정 · 김동미
그린이 | 이선민

발행처 | 해와나무
발행인 | 박선희
편 집 | 김현아, 이신혜, 김미영
디자인 | 투피피
마케팅 | 이희영
관 리 | 민영숙

출판 등록 | 2004. 2. 14. 제 312-2004-000006호
주 소 | 서울특별시 서대문구 충정로 2가 78-30
전 화 | (02)362-0938/7675
팩 스 | (02)312-7675

책값은 뒤표지에 표시되어 있습니다.
ISBN 978-89-91146-65-5 43840

이 도서의 국립중앙도서관 출판시도서목록(CIP)은 e-CIP 홈페이지(http://www.nl.go.kr/cip.php)에서 이용하실 수 있습니다. (CIP제어번호 : CIP2007000277)

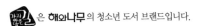 은 **해와나무**의 청소년 도서 브랜드입니다.

차 례

존경의 삼각관계 ················· 7

재물의 신과 사랑의 신 ··········· 23

식단표에 찾아온 봄 ·············· 41

도시의 패배 ··················· 57

마지막 잎새 ··················· 73

토빈의 손금 ··················· 91

20년 후 ····················· 109

마부석에서 ··················· 119

크리스마스 선물 ··············· 133

경찰관과 찬송가 ··············· 149

되찾은 인생 ·················· 165

소녀와 습관 ·················· 185

작품 해설 ···················· 201

오 헨리 연보 ·················· 212

The Last Leaf

존경의 삼각관계

6시가 되자, 아이키는 손에 쥐고 있던 다리미를 내려놓았다. 아이키 스니글프리츠는 재봉사가 되기 위해 견습 중이다. 그나저나 요즘에도 재봉사 견습공이 있단 말인가? 어쨌거나, 그는 악취 나는 김이 자욱한 양복점에서 온종일 재단하고 가봉하고 다림질하고 수선하느라 녹초가 됐다. 하지만 일이 끝나면, 아이키는 자신의 멋진 미래를 상상하며 큰 뜻을 품었다. 높은 밤하늘에서 반짝이는 별을 끄는 영웅이 되리라!

토요일 저녁이었다. 어둑어둑한 저녁에 사장은 너덜너덜한 1달러짜리 12장을 아이키의 손에 쥐어 주었다. 기쁜 마음으로 귀가한 아이키는 먼저 땀이 많이 난 곳을 대충 씻어 냈다. 그 다음 옷과 외투와 모자를 갖춰 입고 올이 듬성듬성 풀린 넥타이를 맸다. 그리고 마지막으로 싸구려 보석 넥타이핀을 정성스레 달았다. 이제야 이상을 찾으러 떠날 준비를 끝마친 것이다. 이렇게 하루 일을 끝내고 나면, 우리 모두 미래를 향해 날개를 펼쳐야 한다. 사랑도 좋다. 피노클 게임을 하는 것도 좋다. 원하던 바닷가재 요리를 먹으러 가는 것도, 낡은 도서관에서 평화롭게 독서에 열중하는 것도 좋다. 사람마다 이상은 다르니까.

노동의 냄새가 짙게 진동하는 상점들 사이를 아이키가 활보하고 있다. 거리 위 철로에는 기차가 으르렁거리며 지나간다. 아이키는 사회가 인정하는 중요한 인물은 아니다. 솔직히 말하자면, 가난하기 짝이 없다. 태어날 때부터 가난했다. 손에 쥔 것이라고는 싸구려 지팡이와 구린 담배뿐이다. 아이키는 지팡이를 허공에 빙빙 돌려 가며, 연신 담배 연기를 뿜어 댔다. 비록 해쓱한 얼굴에 자세는 구부정하지만 걸음걸이만큼은 경쾌했다. 여러분은 그의 마음 깊은 곳에서 살아 꿈틀대는 뭔가가 느껴지지 않는가? 무엇보다도 값진 이상, 바로 사회로부터 소외된 자가 품을 수 있는 꿈과 희망이 아이키의 마음에 살아 있는 것이다. 아이키가 발걸음을 재촉해 간 곳은 동네에서 이름난 '매기니스' 술집이었다. 아이키는 이곳이 너무 좋았다. 세상에서 제일 훌륭하고 가장 위대

한 사람, 빌리 맥매한이 즐겨 찾는 곳이었기 때문이다. 아이키는
빌리 맥매한이야말로 세계가 낳은 최고의 위인이라고 생각했다.
빌리 맥매한은 이 지역의 지도자였다. 그와 함께라면
호랑이도 꼬리를 내리며 좋아할 것이다. 그의 머
리와 가슴에는 세상에 뿌릴 양식도 늘 준비되어
있었다.

　드디어 아이키가 식당에 들어갔을 때 빌리는 환
호하는 선거구민들과 선거운동원들에게 둘러싸
인 채 얼굴엔 홍조를 띠고 근엄하고 의기양양
한 자태로 서 있었다. 선거가 있었던 모양이었
다. 개선장군의 승리로 지금쯤 온 도시가 들떠
있을 것이다. 아이키는 두근거리는 가슴을 진정
시키고 멍하니 자신의 우상을 쳐다보며 바(bar)
로 걸어갔다.

　위대하면서도 성품이 온화한 빌리 맥매한이 사람
들을 향해 함박웃음을 짓고 있었다. 이 얼마나 훌륭
한 지도자인가! 그의 회색 눈은 독수리처럼 빈틈없어
보였다. 끼고 있는 다이아몬드 반지가 그의 자태를 빛
내 주고 있었다. 목소리 또한 우렁찼다. 교양과 돈을
겸비한 그는 자비를 베푸는 아량까지도 넓다.

빌리 맥매한을 둘러싸고 있는 사람들 역시 지성이 넘치는 지역 사회의 인물들이다. 모두들 외투에 손을 깊이 꽂고 턱을 치켜든 채, 빌리 맥매한의 연설을 경청하고 있다. 이들의 체구가 훨씬 더 크고 모두들 사뭇 진지한 모습이었지만, 빌리 맥매한의 기풍 앞에서는 위세를 떨칠 수 없었다. 빌리 맥매한을 있는 그대로 묘사할 수 있는 단어가 세상 그 어디에 있겠는가!

매기니스 술집에는 곧 승리의 함성이 울려 퍼졌다. 흰색 셔츠를 입은 바텐더들이 향연을 즐기러 온 지역 사람들을 위해 묘기를 부리듯 술과 술잔이며 병따개 따위를 서로 주고받았다. 고급 여송연의 연기가 식당에 가득했다. 하지만 자욱한 담배 구름은 이상하게도 불결해 보이지 않았다. 빌리 맥매한은 자신에게 충실했던 직원들, 그리고 자신에게서 희망을 보고 있는 사람들과 악수를 나눴다. 자, 그럼 우리의 아이키 스니글프리츠도 빌리 맥매한의 손을 잡을 수 있을까? 깊은 영혼에서 밀려오는 충동이 아이키를 몹시 흥분시켰다.

위대한 영웅이 사람들과 악수하며 발걸음을 옮길 때마다, 사람들도 한 발짝씩 물러서 주었다. 아이키는 용기를 내어 사람들이 내준 틈을 향해 성큼성큼 걸어 나갔다. 그리고 겁 없이 손을 쭉 내밀었다. 빌리 맥매한은 망설임 없이 그의 손을 잡아 주었다. 게다가 미소까지 지어 보였다! 아이키는 자신의 영웅을 파멸시키려는

신이 있다면 화가 나서 칼을 빼어 들고 올림포스 산을 향해 돌진할 태세였다.

"존경하는 빌리 맥매한 씨, 당신의 친구들과 함께 축배를 나누고 싶습니다."

아이키가 제안했다.

"그럽시다. 같이 한잔합시다."

위대한 영웅이 응해 주었다.

비록 작지만 마음속에 살아 꿈틀거리던 망설임이나 두려움은 이제 온데간데 없었다. 아이키는 떨리는 손을 흔들며 바텐더에게 말했다.

"여기 샴페인 세 병 주십시오."

바텐더는 부지런히 샴페인 세 병을 땄다. 길고 투명한 유리잔에 샴페인이 거품을 내며 떨어졌다. 먼저 빌리가 잔 하나를 집어 들었다. 그리고 다시 엷은 미소와 함께 아이키에게 고개를 끄덕여 감사의 인사를 전했다. 빌리의 동료들도 하나씩 잔을 집었다. 그리고 아이키에게도 한 잔을 건네주었다.

"여기 있소. 잘 마시겠소."

이보다 황홀한 순간이 또 있을까? 이 샴페인 맛은 올림포스 산의 신들의 술처럼 달콤하다. 아이키는 이내 잔을 비웠다. 그리고 조금 전에 사장으로부터 받은 주급을 몽땅 계산대 위에 내놓았다.

"정확하군요."

너덜너덜한 1달러짜리 지폐 12장을 만지작거리며 바텐더가 말했다.

흩어졌던 사람들이 다시 빌리 맥매한 곁으로 모여들기 시작했다. 누군가 11번가에서는 브래니건이 자기들을 어떻게 매수하려고 했는지 떠들었다. 아이키는 식당 한쪽 구석에 몸을 기대고 있다가 식당을 유유히 빠져나왔다. 이제 빈털터리가 된 아이키는 헤스터 거리를 걸었다. 그리고 크리스티 거리를 헤쳐 나갔다. 얼마쯤 갔을까. 드디어 델란시 거리에 있는 집에 도착했다. 그곳에서 아이키를 기다리고 있는 가족은 모두 여자들이었다. 술꾼인 어머니와 남루한 차림의 세 명의 여동생이 아이키의 급료만을 학수고대하고 있었다. 그들의 살벌한 눈빛이 무서웠지만 어찌하겠는가? 실토해야지. 아이키는 식당에서 일어난 일을 죄다 털어놓았다. 예상대로 온갖 욕지거리와 원망이 쏟아져 나왔다.

한동안 가족의 추궁과 책망이 이어졌지만, 아이키는 자신의 우상과 함께했던 짜릿한 순간만을 떠올리며 위안을 삼았다. 아이키의 머릿속은 저 높은 구름 위에 떠 있었다. 곧 희망의 별이 그의 양 날개를 부드럽게 끌어당겼다. 한 방에 날려 버린 주급과 네 여자의 잔소리쯤은 아무 문제될 것이 없었다. 세상 사람들, 들어 보시오! 아이키 스니글프리츠가 위대한 빌리 맥매한과 정답게 악수를 나눴소이다!

빌리 맥매한에게는 아름다운 아내가 있다. 명함에 그녀의 이름이 정확하게 적혀 있었다. '윌리엄 더레이 맥매한.' 이 명함을 누구나 다 좋아하는 것은 아니다. 무척 얇고 작은 명함이지만, 어느 집 문간 밑으로나 다 들어갈 순 없었다. 아마 빌리 맥매한이 이 지역 정치의 최고 권위자이자, 반듯한 사업체를 운영하는 기업가이기 때문일 것이다. 그의 부는 점점 축적되어 가고 있었다. 모두가 그런 것은 아니지만, 대부분의 사람들은 그를 존경했다. 그의 한마디 한 마디를 앞다퉈 취재하는 일간 신문 기자들도 이 지역에 열 명 넘게 있었다. 언론은 빌리 맥매한을 무릎 꿇은 호랑이의 목줄을 잡고 있는 캐리커처로 묘사했다.

그러나 위대한 빌리에게도 가슴 한구석을 시리게 하는 것이 있었다. 모세가 약속된 땅을 찾아가듯, 최고 권세가인 그도 자신과는 다른 부류의 사람들을 동경하며 살고 있었다. 아이키가 자신을 존경하듯, 그에게도 영웅으로 추앙하는 이상적인 사람이 있었다. 그러나 그에게 접근하기가 쉽지 않았다. 그래서 자신의 권력은 아무것도 아니라고 늘 푸념을 늘어놓았다. 더레이 맥매한 여사도 그랬다. 아름답고 통통한 얼굴에 많은 것을 누리며 살고 있었지만, 그녀가 입은 비단옷의 사각거림은 때로, 그녀가 내뱉는 한숨 소리처럼 구슬펐다.

도시의 유행은 다 모여 한껏 자태를 뽐내는 유명한 호텔 식당이 있다. 이곳은 늘 저명인사들로 북적거린다. 어느 날 저녁, 빌리와 그의 아내가 식당에 자리를 잡았다. 아주 조용히 앉아 있었지만, 치장한 장식품이 너무나 값지고 아름다웠기 때문에 쉽게 눈에 띄었다. 더 레이 맥매한을 치장한 다이아몬드를 보라! 이 고급 식당에서도 그녀만큼 화려한 보석을 지니고 있는 사람은 드물었다. 웨이터가 곧 최고급 와인을 내왔다. 비록 무게 있고 조용한 자태에 온화한 표정을 띠고 있었지만, 말끔한 만찬용 양복을 입은 빌리 역시 식당에서 단연 두드러지는 인물이었다.

그들로부터 다섯 테이블쯤 떨어진 곳에 홀로 앉아 있는 남자가 시야에 들어왔다. 훤칠한 키에 몸이 호리호리한 이 남자는 어림잡아 서른 살 정도로 보였다. 깊은 상념에 잠긴 눈매만 보아도 매우 사려 깊은 사람임을 알 수 있었다. 유난히도 흰 손은 길고 가늘었으며, 젊은 얼굴엔 멋진 수염이 자리 잡고 있었다. 그는 지금 조용히 아폴리나리스와 빵을 곁들인 스테이크를 먹고 있었다. 그는 부모로부터 많은 돈을 상속 받은 후, 현재 8천만 달러의 재산을 소유하고 있었다. 그리고 지역 사회의 절대적인 핵심 인물로 그 자리를 꾸준히 지켜 오고 있었다. 그는 바로 코트랜드 밴 듀이킨크로 빌리 맥매한이 가장 동경하는 인물이었다.

코트랜드 밴 듀이킨크를 발견할 때까지 빌리 맥매한은 조용히 침묵을 지키고 있었다. 식당에 아는 사람이 아무도 없었기 때문이다. 한편 코트랜드도 자신의 접시에서 눈을 떼지 않고 있었다. 모든 사람의 눈길이 자신에게 집중되고 있다는 것을 눈치 채고 있었기 때문이다. 코트랜드 밴 듀이킨크가 얼마나 위대한 인물인지 아는가? 그의 가벼운 인사조차 대단한 영광이었다. 마치 기사 작위를 부여하는 것과 같이 고귀하다. 하지만 점잖은 밴은 지나치게 고상한 척하지도 않았다.

빌리는 그간의 밴 듀이킨크 씨의 인생을 꿰뚫고 있었다. 그리고 용감하고 놀라운 그의 인생에 늘 감복해 왔었다. 빌리는 경외감을 주체할 수가 없어, 잠시 망설이다가 자리를 박차고 일어났다. 코트랜드 밴 듀이킨크의 자리로 성큼성큼 다가간 그는 손을 뻗어 악수를 청했다.

"밴 듀이킨크 씨가 가난한 사람들을 위해 제 지역구에서 계획하시는 일이 있다고 들었습니다. 아시겠지만, 전 빌리 맥매한입니다. 제가 들은 소문이 사실이라면, 모든 열정을 다해 당신을 돕겠습니다. 밴 듀이킨크 씨가 계획하시는 것이 제 지역구에서 진행됩니까? 진정 그랬으면 좋겠습니다. 부디 말씀해 주십시오."

다소 긴장하고 있던 코트랜드의 눈가에 곧 생기가 돌았다. 그는 망설임 없이 홀쭉한 몸을 일으켜 세우고, 빌리 맥매한의 손을 반갑게 마주 잡았다.

"감사합니다. 맥매한 씨."

그의 목소리는 굵고 진지했다.

"지금 말씀하신 일을 진행하려고 계획해 왔습니다. 맥매한 씨께서 도와주신다니, 이 기쁨을 이루 다 말할 수 없군요. 이렇게 직접 만나게 되어 영광입니다."

인사를 나눈 후, 빌리는 자리로 돌아왔다. 막 밴 듀이킨크 씨로부터 어깨에 기사 작위를 부여 받은 기분이었다. 어깨가 다 욱신거릴 정도였다. 자, 이제 수백 명의 사람들이 빌리에게 시선을 주고 있다. 부러움과 감탄의 눈초리가 모두 자신에게 꽂히는 것 같았다. 부인 맥매한 여사도 환희에 몸이 부들부들 떨릴 정도였다. 그녀의 다이아몬드는 흘깃 쳐다보는 사람들을 황홀하게 할 정도로 눈부시게 빛났다. 사람들은 이제 빌리라는 사람이 한 식당에 같이 있다는 사실을 알고 기뻐하는 듯했다. 확실하다. 많은 사람들이 빌리를 향해 미소와 가벼운 눈인사를 보내고 있지 않은가! 순식간에 빌리 맥매한은 무아경에 빠져 들었다. 정치가로서의 자신의 드높은 명성까지도 망각할 정도였다.

"저기 있는 분들께 포도주를 가져다주시오."

빌리는 한 테이블을 가리키며 웨이터에게 주문했다.

"저쪽에도 가져다주시오. 그리고 저기 초록 나무 옆에 계신 신사분들께도 선사하고 싶습니다. 제가 사는 거라고 전해 주십시오.

이까짓 것쯤이야! 여기 계신 모든 분들께 와인을 갖다 주세요."

웨이터는 잠시 머뭇거리다가 빌리의 곁으로 다가가 조용히 속삭였다.

"손님, 죄송합니다만, 식당의 전통상 이런 주문이 가능한지 알아봐야겠습니다. 한 분이 모르는 분들에게 이리 많은 주문을 하셔도 되는지……."

"잘 알겠습니다. 식당의 품위에 거슬리는 행동이라면, 제 친구인 밴 듀이킨크에게는 한 병 사 줘도 되겠습니까? 안 된다고 말씀하실 겁니까? 사실 전, 오늘 밤 이곳에 오신 모든 분들께 대접하고 싶은데요. 부디 제 청을 들어주십시오. 새벽 2시까지 오시는 손님들 전부에게 제가 술을 대접하고 싶습니다."

빌리 맥매한은 너무나 행복했다.

내가 그 유명한 코트랜드 밴 듀이킨크와 악수를 나누다니!

번쩍이는 금속 장식을 단 잿빛 대형 승용차가 빈민가를 지나가고 있다. 여기저기 쌓인 쓰레기 더미와 주민들이 생계 유지를 위해 재활용품을 수거할 때 쓰는 손수레들이 난잡하게 거리를 덮고 있었다. 그 사이를 유유히 달리고 있는 고급 승용차는 주민들의 시선을 사로잡았다. 가늘고 긴 손에 귀족처럼 흰 얼굴의 코트랜드 밴 듀이킨크도 동부 빈민가에서는 눈에 띄었다. 코트랜드의 옆 자리에 앉아 있는 컨스탄스 양도 마찬가지였다. 호화로운 치장을 하고 있진 않았지만, 그녀의 자연스러운 고상함은 이 지역에서 흔히 찾아볼 수 있는 모습이 아니었다. 거리에는 누더기를 걸친 청년들이 바삐 움직이고 있었다.

"오, 밴 듀이킨크 씨."

컨스탄스 양은 이내 한숨을 지었다.

"가난하고 비참한 삶을 살아야 하는 사람들의 현실이 너무 슬프지 않나요? 가여운 사람들을 돕는 당신이 얼마나 존경스러운지 몰라요. 그들의 상황을 개선하고자 돈과 시간을 아끼지 않는군요."

코트랜드는 그녀를 바라보았다. 사뭇 진지한 눈빛이었다. 그가 곧 입을 열었다.

"내가 할 수 있는 일은 아주 적소. 이 문제가 보통 심각한 것이 아니기 때문에, 사회 전체가 도와야 할 것이오. 하지만 나 같은 개인이 나서서 돕더라도, 많은 부분들이 해결될 것이오. 컨스탄스 양, 내 말을 잘 들어 보시오. 난 이 거리에 굶주린 자들이 배를 채울 수 있는 식당을 짓고자 계획을 세웠어요. 그리고 저 아래 화재와 질병의 위험이 사람들의 생명을 노리고 있는 낡은 건물들을 허물어 그 자리에 쾌적하고 안전한 환경에서 살 수 있도록 집을 새로 지을 계획이오."

코트랜드 밴 듀이킨크의 잿빛 자동차는 엉클어진 머리와 맨발

에 의아한 눈으로 바라보는 지저분한 아이들을 뒤로한 채, 천천히 움직여 나아갔다. 그리고 곧 낡아 빠진 불결하기 짝이 없는 벽돌 건물 앞에 섰다.

코트랜드는 한 건물을 자세히 살펴보기 위해 차에서 내렸다. 낡은 건물만큼이나 초라하고 지저분해 보이는 젊은 남자가 홀연히 계단을 밟고 내려왔다. 바로 그였다! 담배를 물고 있는 그의 얼굴은 창백하고 깡말라 있었다. 그의 어깨도 볼품없이 좁아 보였다. 코트랜드의 마음에 울컥 느껴지는 것이 있었다. 그는 순간적인 충동을 자제할 수 없었다. 얼른 서 있던 곳에서 발걸음을 재촉했다. 그리고 젊은 남자의 손을 따뜻하게 잡았다. 이 젊은이야말로 내 인생의 살아 있는 교훈이다!

"이제부터 당신과 이곳 사람들의 친구가 되고자 왔소. 내가 할 수 있는 한 당신들을 돕고 싶소. 우리 앞으로 친하게 지냅시다."

허풍이 아니었다.

밴 듀이킨크의 자동차가 서서히 빈민가를 빠져나왔다. 그의 가슴은 벅차 올랐다. 그는 많은 것을 누리고 살아왔지만 지금보다 더 행복한 적은 없었다. 여러분은 코트랜드 밴 듀이킨크에게 인생의 교훈을 전해 주고 악수를 나눈 사람이 누구인지 아는가? 그는 다름 아닌 재봉사 견습공 아이키 스니글프리츠였다.

재물의 신과 사랑의 신

앤터니 로크월, 지금은 은퇴했지만 한때 로크월 유레카 비누회사의 경영자와 제조업자로 명성을 날렸던 그가 지금 5번가의 자택 서재에서 창밖을 내다보며 이를 드러낸 채 웃고 있다. 오른쪽 옆집에 살고 있는 귀족 클럽의 회원 G. 밴 슈일라잇 서포크─존스가 대기하고 있는 자동차 앞으로 나와, 비누왕의 저택 앞에 늠름히 서 있는 르네상스풍의 이탈리아 조각상을 보며 어김없이 콧잔등을 찌푸렸기 때문이다.

"저 콧대 좀 봐라. 아무짝에도 쓸모없는 영감 같으니라고!"

왕년의 비누왕이 중얼거렸다.

"조심하지 않으면 에덴 박물관이 자네 같은 냉혈한을 데려갈 게야. 내년 여름엔 내 이 집을 네덜란드 국기처럼 흰색과 빨간색, 파란색으로 칠해서 저 네덜란드 영감의 코가 얼마나 더 높이 뒤집어지는지 봐야겠군."

초인종 소리를 좋아하지 않는 앤터니 로크월은 곧장 서재 문으로 걸어가 외쳤다.

"마이크!"

한때 캔자스의 드넓은 초원에서 창공이 쩌렁쩌렁 울리도록 우렁찼던 그 목소리는 여전했다.

"아들 녀석에서 전해라, 출발하기 전에 나 좀 보고 가라고."

부름을 받고 나타난 하인에게 앤터니가 말했다.

젊은 로크월이 서재로 들어왔을 때 노인은 신문을 한쪽으로 치우며 불그레하고 윤기 나는 큰 얼굴에 애정이 깃든 엄격함을 띤 채 아들을 바라보면서, 한 손으로는 자루걸레 같은 백발을 훑고 다른 한 손으로는 주머니 속의 열쇠를 짤랑거렸다.

"리처드, 너 요즘 얼마짜리 비누를 쓰고 있지?"

앤터니 로크월이 아들에게 물었다.

대학을 졸업하고 집으로 돌아온 지 겨우 6개월째인 리처드는 약간 당황스러웠다. 그는 아직도 천리 길 같은 아버지의 마음을 헤아리기 어려웠고, 마치 파티에 처음 나온 소녀처럼 어리둥절하기만 했다.

"아마 1다스에 6달러 정도 할 거예요, 아버지."

"그럼 옷은 얼마짜리를 입고 다니느냐?"

"대체로 60달러쯤 될 거예요."

"그래, 넌 역시 신사로구나."

앤터니가 단호한 어조로 말했다.

"요즘 듣기로, 젊은 멋쟁이들은 1다스에 24달러나 하는 비누를 쓰고, 또 옷은 100달러가 넘는 것만 사 입는다고 하더구나. 그런데 내 아들은 늘 절제 있고 겸손하지. 그 정도의 여유는 충분히 있는데도 말이야. 나도 우리 회사에서 오래전부터 만들어 온 유레카 비누를 쓰고 있다. 정이 들어서이기도 하지만 무엇보다 가장 순수한 비누이기 때문이지. 비누 한 장에 10센트 이상을 쓴다고 하는 것은 싸구려 향이나 상표를 위해 돈을 낭비하는 것이나 같다. 하지만 너와 같은 또래에 그만한 지위와 신분을 가진 젊은이라면 50센트짜리면 적당할 게다. 거듭 말하지만, 넌 신사야. 사람들은 3대를 거쳐야 한 사람의 신사가 나온다고 말하지만, 다들 모르고 하는 말이야. 비누 기름처럼 돈이 말쑥한 신사를 만들어 주는 게다. 너를 신사로 만들어 준 것도 돈이란 말이지. 암, 그렇고말고. 돈은 나 같은 놈도 신사로 만들 뻔했지. 양쪽에 사는 두 네덜란드 영감처럼 나도 무례하고 까다롭고 예의범절을 모르지만 말이다. 내가 중간에 끼어들어 집을 사는 바람에, 그 영감들 밤잠도 제대로 못 이루고 애 좀 탈 게다."

"아버지, 하지만 돈으로 살 수 없는 것도 있습니다."

젊은 아들이 우울한 듯이 대꾸했다.

"그런 말은 꺼내지도 말아라."

앤터니가 아연실색하며 말했다.

"난 늘 돈에 돈을 건다. 백과사전을 다 뒤져 봤지만, 돈으로 살 수 없는 건 아직까지 못 찾았다. 다음 주엔 부록까지 살펴볼 테다. 난 모든 것을 적으로 돌리더라도 돈 편이다. 그래, 돈으로 살 수 없는 게 있다면 어디 말해 봐라."

"먼저, 상류층의 일류 사교계는 돈이 있다고 해서 들어갈 수 있는 건 아닙니다."

리처드는 마음에 사무치는 게 있는 듯 말했다.

"오호! 과연 그럴까?"

악의 근원✚을 거머쥔 승리자는 의기양양하게 말했다.

"만일 초대 애스터✚✚에게 삼등칸 뱃삯도 없었다면 과연 네가 말하는 그 상류 사회의 사교계라는 것이 지금 있기나 하겠느냐?"

리처드가 한숨을 내쉬었다.

"내가 여기까지 오게 된 것도 그 때문이다."

노인의 음성이 다소 조용해졌다.

"내가 널 부른 것도 그것 때문이고. 애야, 요즘 네게 무슨 일이 있는 게지? 내가 2주일 동안 널 지켜보았다. 어서 속 시원히 털어

✚ 악의 근원: 돈을 말함.
✚✚ 애스터(John Jacob Astor, 1763~1848): 미국의 모피상이자 애스터 그룹 창시자.

놓아라. 난 부동산에 손대지 않고도 24시간 안에 천백만 달러를 만들어 낼 자신이 있다. 어디 간이라도 나빠진 게냐? 그렇다면 지금 항구에 램블러 호가 석탄을 싣고 떠날 준비를 하고 있다. 이틀이면 바하마 제도에 닿을 게다."

"대충 비슷하게 맞히셨어요. 그다지 빗나가지는 않으셨네요."

"그러냐?"

앤터니가 틈을 주지 않고 캐물었다.

"그래, 그 아가씨 이름이 무어냐?"

리처드는 서재 안을 왔다 갔다 하기 시작했다. 거칠고 투박한 노인이지만, 아들이 신뢰하고 털어놓을 수 있을 만큼 애정과 동정심도 있는 아버지였다.

"왜 청혼을 망설이고 있는 거지?"

앤터니 노인이 다그쳐 물었다.

"너 정도라면 아가씨가 얼씨구나 할 텐데. 넌 돈도 있고 잘생긴 데다가 품위도 있다. 죄지은 것도 없지. 유레카 비누보다 비싼 비누도 쓰고 말이야. 게다가 대학도 나왔고, 하긴 그건 다른 조건에 비하면 그리 대단하게 여길 일도 아니지만."

"아직 기회가 없었어요."

리처드가 말했다.

"그럼 만들어야지. 함께 공원을 산책하거나 건초 실은 마차를

타거나, 아니면 교회 예배가 끝나고 아가씨를 집까지 바래다 주든
가 하면서 말이야. 기회라고? 쯔쯧."

앤터니가 말했다.

"아버진 사교계가 물레방아와 같다는 것을 모르십니다. 그 아
가씨는 물레방아를 돌리는 물살의 일부예요. 그 아가씨의 시간은
매 시간 일 분 단위까지 미리 예정이 되어 있다고요. 하지만 아버
지, 전 그녀와 꼭 결혼해야 해요. 그렇지 않으면 이 도시도 신갈나
무로 뒤덮인 늪이 되고 말 거예요. 그런데 그런 말을 편지로 쓸 수
가 없어요. 그렇게 못 하겠어요."

"쯧쯧쯧!"

노인은 혀를 찼다.

"지금 내가 가진 이 돈으로도 그 아가씨의 한두 시간을 사지 못
한단 말이냐?"

"때를 기다려 왔는데 이젠 너무 늦어 버렸어요. 그 아가씬 모레
정오에 유럽행 배를 탈 거예요. 유럽에서 2년을 머물 예정이라고
합니다. 사실 내일 밤 만나기로 했는데 몇 분의 여유밖에 없어요.
그녀는 지금 라치먼트에 있는 숙모 집에 있어요. 거기에는 갈 수
없어요. 하지만 내일 밤 8시 30분 기차로 그랜드 센트럴 역에 도착
하는 그녀를 마차로 마중 나가도 좋다는 허락은 받았어요. 그곳에
서 브로드웨이를 마차로 달려서 월랙 극장까지 갈 겁니다. 극장

로비에서 그녀의 어머니와 일행인 특별석 손님들이 우릴 기다리게 되어 있죠. 이런 상황에서 겨우 6분에서 8분 동안 그녀가 제 말에 귀 기울여 줄까요? 천만에요. 극장에서든 그 뒤에든 무슨 기회가 있을까요? 불가능한 일이죠. 절대로 안 될 거예요. 아버지, 이건 아버지의 돈으로도 절대 풀 수 없는 매듭이에요. 현금으로 단 1분이라도 살 수 있을까요? 그럴 수만 있다면, 부자들은 오래오래 살겠죠. 랜트리 양이 배를 타기 전에 함께 얘기할 수 있는 희망은 전혀 없어요."

"알았다, 리처드."

앤터니의 대답은 뜻밖에 명쾌했다.

"자, 이제 클럽에 가려무나. 간이 나빠져 그런 것이 아니라니 천만다행이다. 하지만 이따금 신전에 가서 향을 피워 놓고 재물의 신에게 비는 걸 잊지 말거라. 돈으로 시간을 살 순 없다고 말했겠다? 글쎄다, 물론 흐르는 시간을 포장지에 싸서 네가 사는 곳으로 배달해 달라고 할 순 없을 게다. 하지만 난 '시간' 할아버지⊹가 금광을 찾아다니다 발꿈치를 돌에 채여 시커멓게 멍이 든 모습을 본 적도 있다."

그날 밤 얌전하고 감성적이며 주름투성이에 한숨도 잘 쉬고 돈

⊹ '시간' 할아버지: 시간을 의인화함. 길고 헐렁한 옷을 입고 수염이 무성한 노인으로, 모래시계나 그 밖에 시간을 재는 물건을 손에 들고 있는 모습으로 묘사됨.

에 질려 버린 엘렌 고모가 석간신문을 읽고 있던 오빠 앤터니를 찾아와 사랑의 슬픔이라는 주제로 이야기를 풀어놓기 시작했다.

"그 얘기는 그 녀석이 전부 해 주었다."

앤터니가 하품을 하면서 말했다.

"그래서 내 은행 예금을 마음대로 써도 좋다고 말해 줬다. 그랬더니 녀석은 돈의 위력이 대단치 않다고 여기더구나. 돈 따위는 아무 소용도 없다는 게야. 사교계의 법칙은 백만장자가 한꺼번에 달려들어도 한 치도 뚫을 수 없다고 하더구나."

"아, 오라버니."

엘렌이 한숨을 쉬었다.

"돈이면 뭐든지 할 수 있다는 생각은 하지 마세요. 진실한 사랑에 관한 한 돈은 아무짝에도 쓸모없어요. 사랑만이 전지전능해요. 만일 리처드가 조금만 더 일찍 고백했으면 좋았을걸. 그 아가씨가 어떻게 우리 리처드 같은 신랑감을 거절하겠어요. 하지만 이젠 정말 늦은 것 같네요. 그 아가씨에게 사랑을 고백할 기회는 없을 테니까요. 오라버니가 가진 돈도 아들에게 행복을 갖다 줄 수는 없어요."

다음 날 저녁 8시, 엘렌 고모는 좀이 슨 낡은 상자에서 고풍스러운 옛날 반지를 꺼내 조카의 손에 쥐어 주었다.

"리처드, 오늘 밤 이걸 끼려무나. 너희 어머니가 주신 반지란다.

이걸 내게 쥐어 주며 사랑의 행운을 가져다주는 반지라고 말씀하셨지. 어머니는 네가 커서 사랑하는 사람이 생겼을 때 이걸 너에게 주라고 부탁하셨어.”

리처드는 공손히 반지를 받아 새끼손가락에 끼어 보았다. 반지는 리처드의 새끼손가락 두 번째 마디까지만 들어갔다. 리처드는 반지를 조심스럽게 빼서 으레 남자들이 하는 대로, 조끼 주머니에 집어넣었다. 그리고 전화로 마차를 불렀다.

리처드가 랜트리 양을 발견한 시간은 정확히 8시 32분이었다.

“어머니와 일행 분들을 기다리게 할 순 없어요.”

랜트리 양이 조급하게 말했다.

“될 수 있는 대로 빨리 윌랙 극장으로 가 주시오.”

리처드가 믿음직스럽게 말했다.

마차는 42번 도로를 타고 브로드웨이로, 노을빛의 부드러운 초원에서 시작해 아침 햇살처럼 하얀 바위언덕으로 이어지는 은빛 별이 총총한 오솔길을 달렸다.

34번가에 들어섰을 때 리처드가 갑자기 창을 열고 마부에게 멈춰 달라고 소리쳤다.

“반지를 떨어뜨렸나 봐요.”

마차에서 내리면서 그가 미안해 했다.

“어머니가 물려주신 거라서 잃어버리고 싶지 않습니다. 오래

걸리진 않을 겁니다. 어디쯤 떨어뜨렸는지 알고 있거든요."

1분도 채 지나지 않아, 리처드가 반지를 들고 마차로 돌아왔다.

하지만 그 1분 동안, 전차 한 대가 굴러 와서는 마차 앞을 떡하니 가로막아 버렸다. 마부는 왼쪽으로 방향을 틀었지만, 거기에도 우람한 속달 짐마차가 길을 막고 있었다. 오른쪽으로 말을 돌렸지만 이 도시와는 상관도 없는 가구 운반차가 점령하고 있어서 마차를 뒤로 빼야 했다. 그런데 마차를 뒤로 돌리려다 마부는 말고삐를 떨어뜨렸고, 직무상 욕설을 내뱉었다. 수많은 차량과 마차가 뒤섞여서 마차는 꼼짝달싹 못했다. 대도시에서는 이따금 도로 한곳이 꽉 막혀서 아주 순식간에 교통과 모든 활동이 멈춰 버리는 일이 일어나곤 했다.

"왜 마차가 움직이지 않는 거죠? 이러다 늦겠어요."

다급해진 랜트리 양이 물었다.

리처드가 일어나 바깥 상황을 살폈다. 마치 26인치의 허리를 가진 처녀가 22인치 거들을 입었을 때처럼 브로드웨이와 6번가, 34번 도로가 만나는 대형 광장에 마차와 트럭, 짐마차, 전차, 대형 마차, 승객용 마차까지 물밀듯이 밀려들어 터지기 일보 직전이었다. 그리고 여전히 모든 길에서 전속력으로 덜컹거리며 집합지를 향해 달려와 스스로 혼잡 속으로 뛰어들고 있었다. 바퀴는 서

로 얽히고 마부들의 욕설은 점점 아우성으로 변했다. 맨해튼의 모든 교통수단이 그 주위로 몰려들어 옴짝달싹 못 하게 된 것 같았다. 보도에 늘어선 수많은 구경꾼들 중에 가장 나이가 많은 시민조차도 도로가 이렇게까지 막힌 것은 난생처음 보았다고 말했다.

"정말 죄송하군요."

리처드가 자리에 앉으며 말했다.

"지금은 어디로든 빠져나갈 수가 없는 상황입니다. 한 시간이 지나도 이 교통 혼잡이 해소될 것 같지는 않군요. 모두 제 잘못입니다. 반지만 떨어뜨리지 않았어도 지금쯤……."

"그 반지 좀 보여 주세요. 이제 어쩔 수 없잖아요. 괜찮아요. 어차피 극장은 따분한 곳인 걸요."

랜트리 양이 말했다.

밤 11시에 누군가가 앤터니 로크월의 방문을 가볍게 두드렸다.

"들어오게."

붉은 실내용 가운을 입은 앤터니는 해적이 등장하는 모험 소설을 읽고 있었다.

노크한 사람은 엘렌이었다. 엘렌은 실수로 지상에 홀로 남겨진 백발의 천사 같은 모습을 하고 있었다.

"그 애들이 약혼을 했대요, 오라버니. 그 처녀가 리처드에게 결혼을 약속했대요. 극장으로 가는 길에 교통이 혼잡해 거리에서 두 시간 동안 발이 묶였다나 봐요."

그녀가 부드럽게 말을 이었다.

"오, 오라버니, 그러니 이젠 돈의 위력을 자랑하지 말아요. 진정한 사랑의 조촐한 증표이며 돈과 아무 상관도 없는 영원한 사랑을 상징하는 그 작은 반지가 리처드에게 행복을 가져다준 거예요. 리처드가 그 반지를 만지작거리다가 거리에다 떨어뜨렸대요. 그래서 반지를 찾으려고 마차를 세웠대요. 그런데 다시 길을 가려는데 길이 막혀 버린 거예요. 오도 가도 못 하는 마차 안에서 리처드는 처녀에게 사랑을 고백했고, 마음을 얻게 된 거지요. 오라버니, 진정한 사랑에 비한다면 돈은 금속 나부랭이에 지나지 않아요."

"알겠다. 녀석이 원하던 것을 얻었다니 기분이 아주 좋구나. 내가 녀석에게도 말했지. 이 문제에 있어선 얼마든지 지원하겠다고, 만약……."

"오라버니, 오라버니의 돈이 무슨 소용이 있었죠?"

"엘렌."

앤터니가 말했다.

"지금 읽고 있는 책에서 해적이 엄청난 궁지에 빠져 있단다. 타고 있던 배에 구멍이 났거든. 하지만 이 해적은 돈의 진가를 잘 알고 있기 때문에 돈이 바다 밑에 잠기도록 그냥 놔두진 않을 게다.

제발 이 장을 계속 읽을 수 있게 나를 내버려다오."

    이 소설은 여기서 끝내야 한다. 이 책을 읽는 독자 여러분과 마찬가지로 나도 진심으로 그러기를 바라고 있다. 하지만 우리는 우물 밑바닥까지 훑어서라도 사실을 알아야 한다.

    다음 날 아침, 손이 불그스름하고 푸른색 물방울무늬 넥타이를 맨 사내가 앤터니 로크월의 집을 찾아와 켈리라며 자신을 소개했다. 그는 즉시 앤터니의 서재로 안내를 받았다.

    "그래, 아주 잘했더군. 어디 보자. 5천 달러는 현금으로 받았지?"

    앤터니가 수표책을 집으며 말했다.

    "저기, 제 주머니에서 3백 달러를 추가로 썼습니다요."

    켈리가 말했다.

    "예상했던 것보다 돈이 조금 더 들었습죠. 속달 배달 마차와 승객용 마차는 대략 5달러씩 들었지만, 운송 마차와 말 두 필이 끄는 마차는 거의 10달러까지 올려 달라고 요구해 왔거든요. 전차 운전수는 10달러를 요구했고, 짐을 실은 차는 20달러를 달라고 하는 자도 있었습니다요. 하지만 가장 골치 아팠던 건 경찰관이었습죠. 두 명에게 각각 50달러씩 줬고, 또 다른 경찰관들에겐 20달러와 25달러를 줬죠. 로크월 씨, 어쨌거나 끝내주는 결과를 낳지 않았습니까? 윌리엄 A. 브래디 씨가 바깥에서 차들이 아우성치는 모습을 못 봤으니 망정이지, 질투가 나서 가슴이 찢어지는 꼴을 어떻게 봤을까요. 게다가 예행연습도 한 번 안 했다니까요! 모두들 일초도 어김없이 제 시간에 등장해 주었지요. 두 시간이 지나서야 겨우 뱀 한 마리가 그릴리 동상 아래로 기어 나갈 수 있었답니다."

"1천 3백 달러라. 자, 여기 있네, 켈리."

앤터니는 수표 한 장을 떼어 주며 말했다.

"수고비 천 달러와 자네 주머니에서 나간 3백 달러. 켈리, 자넨 돈의 위력을 무시하지 않겠지?"

"저 말입니까? 가난이란 걸 만들어 낸 놈이 있으면 확 뭉개 주고 싶은뎁쇼."

켈리가 말했다. 켈리가 문가로 갔을 때 앤터니가 그를 불러 세웠다.

"자네 혹시 봤나? 꽉 막힌 거리에서 옷도 안 입은 통통한 남자아이가 화살을 쏘아 대는 걸 말일세."

앤터니가 물었다.

"아뇨, 없었는뎁쇼."

켈리가 어리둥절한 표정으로 말했다.

"못 봤는데요. 그런 녀석이 있었다면 제가 도착하기 전에 바로 경찰들이 잡아갔을걸요."

"나도 그런 녀석 따위는 나타날 리 없을 거라고 생각했지."

앤터니가 껄껄 웃었다.

"잘 가게나, 켈리."

식단표에 찾아온 봄

3월의 어느 날이었다.

여러분이 소설을 쓸 때는 절대 이렇게 시작하지 말기 바란다. 서두를 이렇게 시작하는 것보다 더 서툰 짓은 없을 것이다. 상상력이 부족하고 밋밋할 뿐만 아니라 멋도 없고 그저 빈말처럼 들리기 쉽다. 하지만 이번 경우에는 허용해도 좋을 것이다. 원래 이 이야기의 서두가 되어야 할 다음 구절을 아무런 준비도 없이 불쑥 독자들 앞에 내놓는 것은 생뚱맞고 터무니없는 노릇이 될 테니 말이다.

새러는 식단표를 앞에 놓고 하염없이 울고 있었다.

식단표를 앞에 둔 채 울고 있는 뉴욕의 아가씨를 상상해 보라. 무슨 까닭일까? 좋아하는 바닷가재 요리가 다 떨어져서일까, 사순

✤ **사순절**(四旬節) : 부활절 전에 지키는 40일의 단식 참회 기간.

절(四旬節)⁺엔 아이스크림을 먹지 않겠다고 했던 맹세를 후회하는 걸까, 아니면 양파를 주문했다거나 지금 막 보고 온 해킷의 영화 때문이라는 이유를 댈 수도 있을 것이다.

그러나 이런 추측은 모두 빗나갔으니 이제 이야기를 진행시켜도 괜찮을 것이다.

"세상은 굴이다, 나는 검을 가지고 그것을 열리라"⁺고 선언했던 신사는 분에 넘치는 성공을 거두었다.

사실 검으로 굴을 까는 것은 어렵지 않다. 그런데 여러분은 타자기로 조개를 까려는 사람을 본 적이 있는가? 여러분은 기다렸다가 그런 방법으로 여남은 개의 살아 있는 조개를 까는 모습을 볼텐가?

새러는 그 다루기 어려운 무기로 간신히 조개껍질을 비집어 열고 그 안의 차갑고 끈적한 세계를 조금이라도 보려고 애썼다. 그녀는, 실업학교를 졸업하고 세상에 막 던져진 속기과 졸업생만큼도 속기를 할 줄 몰랐다. 속기를 할 줄 모르니 뛰어난 사무 능력을 갖춘 기라성 같은 재원들 틈에 낄 수가 없었다. 그래서 프리랜서 타이피스트로서 복사라든가 등의 잡다한 일거리를 맡으러 돌아다녔다.

✢ 셰익스피어의 『윈저의 명랑한 어릿광대』에 나오는 구절.

44

새러가 세상과의 싸움에서 거둔 가장 값지고 영광된 승리가 있다면, 슐렌버그 가정식 식당과 거래를 맺은 일이었다. 식당은 그녀가 세 들어 살고 있는 낡은 붉은색 벽돌집 옆에 있었다. 어느 날 저녁, 슐렌버그 식당에서 다섯 코스의 40센트짜리 정식을 ─ 코스는 다섯 개의 야구공을 던져 검둥이 인형의 머리를 맞히는 놀이만큼이나 빨리 잇달아 나왔다 ─ 먹고 난 새러는 거기에 있던 식단표를 집으로 들고 왔다. 그것은 영어도 독어도 아닌 거의 읽기 힘든 글씨체로 쓰여 있었고, 주의해서 읽지 않으면 헷갈리도록 이쑤시개와 라이스 푸딩[+]으로 시작해 수프와 요일로 끝나도록 배치되어 있었다.

다음 날 새러는 슐렌버그 씨를 찾아가 깔끔하게 정리된 카드 한 장을 내밀었다. 전채 요리에서부터 '소지하신 우산과 외투 분실 시 식당에서 책임지지 않습니다'라는 글을 포함해 정확하고 적절한 표제 아래 맛깔스럽게 모아 놓은 온갖 산해진미가 아름답게 타이핑된 식단표였다.

독일인 슐렌버그 씨는 그 자리에서 귀화한 미국 시민이 되었다. 새러가 식당을 떠나기 전에 슐렌버그 씨가 기꺼이 새러와 계약을 맺은 것은 당연한 일이었다. 그녀가 할 일은 우선 식당에 있는 21

✤ 푸딩: 우유와 쌀가루로 만든 디저트.

개의 테이블에 새 식단표를 정리해 제공하는 일이었다. 그리고 매일 바뀌는 저녁 메뉴와 식당에서 아침이나 점심 메뉴를 변경하는 경우, 그리고 식단표가 더러워질 때마다 새로 바꾸어 주기로 했다. 그에 대한 보답으로 슐렌버그 씨는 날마다 세 끼 식사를 되도록 고분고분한 종업원을 시켜 새러의 셋방까지 나르도록 해 주고, 오후에는 내일의 손님을 위해 운명의 여신이 점지해 준 음식 이름을 연필로 적어 종업원 편에 보내 주기로 했다.

서로에게 만족스러운 계약이었다. 슐렌버그 식당의 단골손님들은 가끔 요리의 정체에 대해 어리둥절해 하면서도 적어도 자기가 먹는 음식을 뭐라고 부르는지는 알게 될 것이다. 새러 또한 춥고 활동이 어려운 겨울에 가장 큰 문제인 끼니 걱정을 덜게 되었다.

어느덧, 달력은 봄이 왔노라고 했지만 그건 거짓말이었다. 봄은 때가 돼야 오는 법이다. 시내를 가로지르는 거리마다 아직도 1월에 내린 눈이 돌처럼 단단히 얼어붙어 있었다. 손풍금도 아직 12월의 활기와 음조로 「즐거웠던 지난 여름날」을 연주하고 있었다. 사람들은 이제 겨우 부활절에 입을 옷을 사려고 30일짜리 어음을 끊기 시작했다. 관리인들도 이제야 난방 장치를 껐다. 이런 걸 봐서는 도시가 아직 겨울의 손아귀를 벗어나지 못했다고 봐도 틀리지 않았다.

어느 날 오후 새러는 조촐한 셋방에서 덜덜 떨고 있었다. '난방 시설 완비, 청소 철저, 편의 시설 완비, 입주 전 방문 환영'이라고 광고했던 방이었다. 그녀는 슐렌버그 식당의 식단표를 만들어 주는 일 말고는 달리 하는 일이 없었다. 그녀는 삐걱거리는 버드나무 흔들의자에 앉아 창밖을 내다보았다. 벽에 걸린 달력이 새러에게 외쳤다.

'새러, 봄이 왔단다. 진짜 봄이 왔어. 나를 봐, 새러, 내 숫자가 그걸 말해 주고 있잖니? 넌 정말 예뻐. 봄에 걸맞은 아름다운 모습인데, 왜 슬픈 얼굴로 창밖을 내다보고 있는 거니?'

새러의 방은 건물 뒤편에 있었다. 창밖을 내다보면, 길 건너편 박스 공장의 창문 하나 없는 뒷벽만 보였다. 하지만 벽은 맑고 투명한 수정이었다. 새러의 눈에는 체리나무와 느릅나무가 그늘을 만들고 나무딸기와 체로키 장미 그늘이 길을 내주는 풀이 무성한 오솔길이 내려다보였다.

진정한 봄의 전령들은 사람들의 눈과 귀로 느끼기에는 너무나 미묘하다. 어떤 사람들은 꽃이 핀 크로커스나 숲 속의 층층나무가 숲을 하얗게 수놓거나 파랑새의 지저귐을 들어야만 봄이 왔다고 느낀다. 심지어는 천박스럽게도 물러가는 메밀가루와 굴에게 손을 흔들어 작별 인사를 한 뒤에야 무딘 가슴으로 초록빛 옷을 입은 귀부인을 맞이하는 사람도 있다. 하지만 늙은 대지가 가장 좋아하는 종족들에게는 그들이 선택하지 않으면 의붓자식도 되지 못할 거라는 새색시의 달콤한 소식이 곧장 전해진다.

지난여름, 새러는 시골에 갔다가 한 농부를 사랑하게 되었다.

(소설을 쓸 때 이런 식으로 되돌아가서는 안 된다. 예술성도 떨어지고 독자의 흥미도 떨어뜨린다. 자, 이제 그만 하던 얘기를 계속하기로 하자.)

새러는 서니브룩 농장에서 2주일 동안 머물렀다. 그곳에서 늙은 농부 프랭클린의 아들 월터를 사랑하게 된 것이다. 원래 농부는 사랑하고, 결혼하고, 다시 농장으로 돌아가는 데 2주일 이상 걸리지 않는 법이다. 하지만 젊은 월터는 현대적인 사고방식을 가진 농부였다. 외양간에는 전화도 있었고, 내년에 캐나다에서 수확할 밀이 그믐에 심은 감자에 어떤 영향을 끼치는지도 정확하게 계산할 줄 알았다.

월터가 그녀에게 청혼을 해서 승낙을 받아 낸 것은 그늘지고 나무딸기가 무성한 오솔길에서였다. 두 사람은 나란히 앉아서 새러의 머리를 장식할 화관을 만들었다. 월터는 새러의 짙은 갈색 머리에 노란 민들레 화관이 너무나 잘 어울린다며 칭찬을 퍼부었다. 새러는 민들레 화관을 쓴 채, 손에 든 납작한 밀짚모자를 빙빙 돌려가며 집으로 돌아왔다.

둘은 봄이 되면 결혼하기로 했다. 봄의 첫 전령이 찾아올 때 결혼하자고 월터가 청혼을 했던 것이다. 그리고 나서 새러는 타자기를 두드리기 위해 도시로 돌아왔다.

방문 두드리는 소리에 새러의 행복했던 지난날의 추억이 흩어져 버렸다. 종업원이 슐렌버그 노인의 앙상한 손이 연필로 갈겨 쓴 내일의 메뉴가 적힌 쪽지를 가져온 것이다.

새러는 타자기 앞에 앉아 종이를 끼웠다. 그녀는 일이 빠른 편이었다. 보통 1시간 30분 정도면 21장의 식단표를 모두 칠 수 있었다.

오늘따라 평소보다 메뉴에 변경 사항이 많았다. 수프 요리는 한층 산뜻해지고, 앙트레에서 빠진 돼지고기는 러시아산 순무와 함께 구운 요리 속에 등장할 모양이었다. 얼마 전까지 푸른 언덕에서 뛰어놀던 양들은 그 깡충깡충 뛰어놀던 모습을 기념하는 소스와 함께 식탁에 중요한 공헌을 하게 될 것이다. 굴의 노래는 비록 완전히 끝난 것은 아니지만 '부드럽고 여리게'였다. 프라이팬은 오븐 뒤에 할 일 없이 걸려 있을 듯했다. 파이 종류는 늘어나고 진한 맛의 푸딩은 자취를 감추었다. 겉옷을 길게 걸친 소시지는 달콤하지만 운이 다한 메이플과 더불어 기분 좋은 죽음의 명상에 잠겨 가까스로 명맥만 유지할 참이었다.

새러의 손가락은 여름의 시냇물에서 폴짝폴짝 뛰노는 요정처럼 춤을 추었다. 그녀의 빈틈없는 눈짐작 덕택에 각각의 메뉴는 정확히 자기 자리를 찾아 빈 공간에 채워지고 있었다. 이제 후식 메뉴 바로 전에 등장하는 야채 요리 순서까지 왔다. 당근과 완두콩의 콤비, 토스트에 얹은 아스파라거스, 사계절 토마토와 옥수수를 섞은 인디언식 요리, 리마 콩, 양배추, 그리고…… 그 순간 새러는 식단표를 앞에 두고 울고 있었다. 신이 도와주기라도 하듯 가슴속 절망의 밑바닥에서 솟아 나온 눈물이 눈가에 고였다. 새러는 조그만 타자기 책상 위로 고개를 떨구었다. 글자판이 그녀의 젖은 흐느낌에 맞춰 덜거덕덜거덕 무미건조한 반주음을 냈다.

벌써 2주일째 월터로부터 편지가 한 통도 오지 않았던 것이다. 식단표의 다음 음식은 민들레? 어떤 종류의 알을 곁들인 민들레, 달걀이든 다른 알이든 상관없었다. 월터가 사랑의 여왕이자 미래의 신부에게 씌워 주었던 그 황금빛 꽃, 봄의 전령이자 슬픔에 대한 애통한 왕관, 가장 행복했던 날들을 기억나게 하는 민들레였다.

여성 독자들이여! 사랑의 시련을 겪어 보기 전에는 웃지 마라. 아름다운 밤에 애인에게서 사랑의 속삭임과 함께 받은 마샬 닐 장미꽃이 프렌치 소스에 버무려져 슐렌버그 식당의 테이블에 샐러드로 올라온다고 상상해 보라. 로미오의 연인 줄리엣도 사랑의 증표가 이토록 모욕당했다면, 당장 달려가 망각의 약초로 약을 지어 달라고 했을 것이다.

하지만 봄처럼 위대한 마법사가 또 있을까! 돌덩이와 쇠로 된 이 차가운 대도시에도 봄 소식이 전해졌던 것이다. 그 소식을 이 어설픈 초록빛 외투에 수수한 자태를 지닌, 작지만 강인한 들판의 밀사가 아니라면 그 누가 전해 줄 것인가! 프랑스 요리사로부터 '사자의 이빨'이라 불리는, 행운을 가져다주는 진정한 용사 말이다. 그가 꽃을 피우면 아름다운 여인의 갈색 머리에 예쁘게 얹는 화관이 되어 '사랑의 고백'을 도와준다. 또 어리고 미숙해서 꽃을 피우기 전에는 부글부글 끓는 냄비 속에 들어가 봄의 여왕님의 말씀을 전한다.

새러는 쏟아지는 서러운 눈물을 억지로 참았다. 식단표를 빨리 끝내야 했기 때문이다. 하지만 민들레의 꿈이 발산하는 아련한 황금빛에 쌓인 그녀는 마음과 생각이 온통 목장의 오솔길과 젊은 농부에게 가 있어서 글자판을 건성으로 두드리고 있었다. 그러나 이내 맨해튼의 돌로 된 골목길로 돌아왔고, 타자기는 파업을 훼방 놓는 자동차처럼 덜거덕거리며 튀어 오르기 시작했다.

6시가 되어 식당의 종업원이 저녁 식사를 가져다주면서 타이핑해 둔 식단표를 가지고 갔다. 새러는 저녁을 먹다가 한숨을 내쉬며 달걀을 곁들인 민들레 요리를 한쪽으로 치웠다. 빛나는 사랑의 증거였던 아름다운 꽃이 이렇게 볼품없는 푸성귀가 되어 시커먼 덩어리로 변했듯이 여름날의 희망도 말라서 시들어 버렸다. 셰익

스피어의 말처럼 사랑은 어쩌면 사랑을 양분 삼아 자라는 것인지도 모른다. 하지만 새러는 마음에서 우러난 참된 애정이라는 정신적 향연을 맨 처음 장식해 주었던 민들레를 먹을 기분이 도통 나지 않았다.

7시 30분쯤, 옆방의 부부가 다투는 소리가 들려왔다. 윗방에 사는 남자는 플루트의 A조를 찾느라 애를 쓰고 있었다. 가스가 약하게 나왔다. 석탄 운반차 석 대가 석탄을 부리기 시작했고 ― 축음기가 유일하게 부러워하는 소리다 ― 뒷담의 고양이들은 봉천(奉天)✛으로 퇴각하는 러시아군처럼 슬금슬금 물러났다. 이쯤 되면 새러는 이제 책 읽을 시간이라는 것을 알아차렸다. 그녀는 이 달에 판매부수가 가장 저조한 『수도원과 난로』✛✛를 집어 들고 두 발은 큰 가방에 올려놓은 채 주인공 제럴드를 따라 방랑을 시작했다.

그때 현관의 초인종이 울렸다. 안주인이 대답하는 소리가 들렸다. 제럴드와 데니스가 곰을 피해 나무 위로 올라가는 장면에서 읽기를 중단하고 새러는 바깥 소리에 귀를 기울였다. 그렇다, 여러분도 그녀처럼 그랬을 것이다!

그때 아래층 현관을 타고 남자의 굵은 음성이 들려왔다. 새러는 곰이 쉽게 첫 승을 거두는 장면에서 책을 바닥에 내던지고 문 쪽

✛ **봉천(奉天)** : 현재 중국의 심양. 러일 전쟁 최후의 대규모 지상군 전투가 벌어졌던 곳.
✛✛ **『수도원과 난로』** The Cloister and the Hearth : 19세기 영국 찰스 리드의 역사 소설.

으로 달려갔다. 여러분이 상상한 그대로다. 그녀가 층계 꼭대기에 이르렀을 때 농부도 한 번에 계단을 세 개씩 뛰어 올라와 한 톨의 이삭도 남김없이 거두어들이는 수확자처럼 그녀를 완전히 거두어들였다.

"왜 편지를 안 주셨어요. 왜?"

새러가 울먹였다.

"뉴욕이란 도시는 굉장히도 넓군요. 일주일 전에 당신의 옛 주소로 찾아갔어요. 당신이 목요일에 이사했다고 하더군요. 그래서 다소 마음을 놓았어요. 재수 없는 금요일에 이사한 게 아니어서. 그런데도 당신을 찾느라 경찰에게 물어보고 별의별 방법을 다 써야 했어요."

"제가 편지로 알려 드렸잖아요!"

새러가 자신 있게 말했다.

"난 받지 못했소!"

"그럼 여긴 어떻게 알아냈죠?"

젊은 농부는 봄과 같은 미소를 지었다.

"오늘 저녁 우연히 옆의 식당에 식사를 하러 들렀어요."

그가 말했다.

"누가 알아도 상관없지만 난 해마다 이맘때면 야채 요리가 먹고 싶어지거든요. 그래서 뭐 적당한 게 없을까 하고 깨끗하게 타

54

이핑된 식단표를 훑어 내려갔죠. 그런데 양배추 아래까지 읽었을 때 난 의자를 돌려 큰 소리로 주인을 불렀어요. 주인이 당신이 사는 이 집을 가르쳐 주었어요."

"아, 생각나요."

새러는 기쁜 듯 한숨을 내쉬었다.

"양배추 다음이 민들레였어요."

"세상 어디를 가도 그 대문자 'W'가 줄 위로 삐딱하게 툭 튀어 올라가 찍히는 것은 당신 타자기밖에 없다는 걸 알고 있거든요."

프랭클린이 말했다.

"어머나, 민들레에는 W가 들어가지 않는데."

새러는 믿을 수 없다는 표정으로 말했다. 청년 월터는 주머니에서 식단표를 꺼내 한 줄을 가리켰다.

그날 오후에 새러가 처음으로 타이핑한 식단표였다. 식단표 위의 오른쪽 구석에는 눈물방울이 얼룩져 있었다. 그런데 들판의 풀이름이 있어야 할 자리에 엉뚱한 글자가 들어 있었다. 황금빛 꽃에 대한 잊지 못할 추억 때문에 그녀의 손가락이 저지른 실수였다.

붉은 양배추와 속을 넣은 초록 피망 요리 사이에는 이런 요리가 찍혀 있었다.

'삶은 달걀을 곁들인 사랑하는 월터.'

The Last Leaf

도시의 패배

로버트 왐즐리가 도시에서 남부럽지 않게 살게 된 것은 킬케니[✛] 식으로 악전고투를 벌인 덕분이었다. 그는 승리자가 되어 재산과 명성을 얻었다. 하지만 한편으로는 도시에게 꿀꺽 삼켜진 꼴이 되었다. 도시는 그가 원하는 많은 것들을 준 다음 그에게 낙인을 찍었다. 자기가 인정하는 형태로 개조하고 잘라내 손질한 다음 도장을 찍어 버린 것이다. 도시는 사교계의 문을 활짝 열어주고 엄선된 속물들과 함께 말끔하게 손질된 잔디에 가둬 버렸다. 왐즐리는 옷차림이라든가 습관, 예절, 근성, 생활 방식과 편협함 따위에 있어서 매력적으로 오만했고 신경에 거슬릴 정도로 완벽했으며 닳고 닳은 뻔뻔함과 균형을 잃은 시각을 터득하여 맨해튼의 신사들도 그에 비하면 아무것도 아닐 정도였다.

✛ **킬케니**(Kilkenny) : 외세의 침략을 많이 받았던 아일랜드의 노어 강변의 도시.

뉴욕 업스테이트의 시골 마을에서는 대도시에서 성공한 젊은 변호사를 고장이 배출한 인물로 자랑스러워했다. 6년 전, 마을 사람들은 왐즐리 영감의 주근깨투성이 아들 밥이 말 한 필과 그럭저럭 거르지 않고 먹을 수 있는 하루 세 끼를 포기하고 눈이 핑핑 도는 대도시에서의 불규칙하고 그나마 허둥지둥 먹어야 하는 식사를 택했을 때 월귤나무 물이 든 이를 밀짚으로 쑤시며 촌사람답게 히죽거리며 마구 비웃었다. 하지만 6년이 지난 지금에 와서는 로버트 왐즐리라는 이름이 보이지 않으면 살인사건 재판이든, 마차 여행 연회든 자동차 사고 처리든 정식 무도회든 그 무엇 하나 제대로 해결이 안 되었다. 양복점 재봉사들은 주름 하나 없는 그의 바지를 보고 마름질의 비법을 알아내려고 거리에 숨어서 기다리곤 했다. 클럽의 귀화한 외국인 친구들이나 법원에서 소환장을 발부 받은 오래된 명문가의 자제들은 그의 등을 툭 치면서 "밥"이라고 부르길 좋아했다.

그러나 로버트 왐즐리에게 있어서 마터호른 고봉 정복과도 같았던 성공은 앨리시아 밴 더 풀과의 결혼으로 완성되었다. 내가 마터호른 고봉 얘기를 꺼낸 이유는, 이 지역의 유서 깊은 가문의 딸인 앨리시아가 눈처럼 하얀 피부에 고고하고 차갑기 이를 데 없어 누구도 쉽게 접근하지 못했기 때문이다. 그녀 주위에 있는 사교계의 다른 알프스 봉우리들—그 찬바람 휘몰아치는 언덕에는 천여 명의 탐험가들이 몰려들어 악전고투를 벌였다—도 그녀의 무릎밖에 오지 않았다. 고고하고 순결하고 당당한 앨리시아라는 산은 샘을 파는 것도 허용하지 않았고, 먹이를 따먹는 원숭이도 없었으며, 품평회에 출전시킬 개도 사육하지 않았다. 앨리시아가 누구란 말인가, 밴 더 풀 가의 자손이었다. 그녀에게 샘이란 놀이터에 불과하고, 원숭이는 남의 조상이 되기 위해 만들어진 것이며, 개는 장님이나 파이프를 피워 문 불쾌한 인간들의 길동무가 되기 위해 생겨난 것일 뿐이었다.

그런데 이런 마터호른 고봉을 로버트 왐즐리가 정복한 것이다. 그래서 그가 야생 동물의 튼튼한 다리와 공들여 꾸민 고수머리에 훌륭한 시심으로 무장한 채 산 정상에 올랐을 때에야 비로소 가장 높은 봉우리의 대부분이 눈과 구름에 가려져 있다는 진리를 깨닫게 되었더라도 틀림없이 용맹스러움과 미소 속에 동상(凍傷)을 감추었을 것이다. 비록 심장을 식히려고 윗옷 안에 아이스크림 통을 넣고 다니며 스파르타 청년을 흉내 내고 있긴 해도 그는 행운아였고 자신도 그것을 알고 있었다.

외국으로 신혼여행을 잠시 다녀온 이후, 신혼부부는 상류 사회라는 고요한 연못에 파문을 일으켰다. 너무나 조용하고 차가운, 햇빛도 들지 않는 연못이었다. 부부는 허물어진 영광의 묘지처럼 오래된 동네의, 위대한 과거를 간직한 영묘 같은 붉은 벽돌 저택에서 손님들을 맞이했다. 로버트 웜즐리는 아내를 자랑스러워했다. 비록 한 손으로는 사람들과 악수를 하면서 나머지 한 손으로는 등산용 지팡이와 온도계를 꽉 움켜쥐고 있어야 했지만.

어느 날 앨리시아는 남편에게 보낸 시어머니의 편지를 발견했다. 곡물 수확이라든가 아들에 대한 애정, 농장 이야기들을 서툴지만 또박또박 써 내려간 편지였다. 돼지와 최근에 태어난 붉은 송아지의 건강이 날이 갈수록 어떻다는 이야기를 하며 본론으로 돌아가서 걱정스런 아들의 안부도 물었다. 집에서 곧장 날아온 흙 냄새 나는 편지에는 꿀벌의 일생이며, 순무 이야기, 닭이 막 낳은 계란에 대한 찬가, 버림받은 노부부에 대한 한탄, 말린 사과 값이 폭락했다는 소식들로 가득했다.

"왜 어머니의 편지를 제게 안 보여 준 거죠?"

앨리시아가 물었다. 그녀의 음성은 언제나 듣는 사람으로 하여금 오페라 관람용 쌍안경이라든지 고급 보석 가게인 티파니의 계산서, 도슨에서 포티마일까지 씽씽 달리는 썰매, 할머니 댁의 샹들리에에 달린 딸랑거리는 수정 구슬, 수녀원 지붕에 쌓인 눈, 보석 신청을 거절하는 경찰의 음성을 연상시켰다.

"어머니가 농장에 한번 오라고 초대하시잖아요. 전 농장에 가 본 적이 한 번도 없어요. 우리 한두 주일쯤 다녀와요."

앨리시아가 말했다.

"그럽시다."

로버트가 마치 대법원 판사가 어떤 의견에 동의할 때처럼 근엄한 표정으로 대답했다.

"당신이 별로 가고 싶어 하지 않을 줄 알고 초대 이야기를 꺼내지 않은 것이오. 당신이 그러겠다니 정말 기쁘오."

"내가 직접 답장을 쓸게요."

다소 흥분된 목소리로 앨리시아가 말했다.

"펠리스에게 당장 여행용 가방을 준비하라고 할게요. 7개 정도면 충분할 거예요. 어머님이 사람들을 많이 초대하지는 않으시겠죠. 어머님은 파티를 자주 여시나요?"

로버트는 자리에서 일어나서 시골 마을 측 변호사가 되어 7개의 가방 중에서 6개에 대해 이의를 제기했다. 그는 시골 농장이란 어떤 것인지에 대해 정의를 내리고 자세히 묘사한 후 설명하고 또 진술했다. 그런 그의 말은 자기 귀에도 이상하게 들렸다. 이제껏 자신이 얼마나 철저하게 도시 생활에 젖어서 지냈는지 깨닫지 못했던 것이다.

일주일 후, 왐즐리 부부는 도시로부터 5시간이나 걸려 시골의 작은 기차역에 도착했다. 노새가 끄는 용수철 마차에 올라앉은 청년이 빙글빙글 웃음 띤 얼굴에 큰 목소리로 빈정거리듯 건방지게 로버트를 불렀다.

"어이, 왐슬리 씨가 오셨군요. 드디어 고향에 오셨군요, 그렇죠? 죄송하게 됐습니다. 자동차로 편히 모시지 못해서. 아버지가 오늘 내내 차에 보습날을 부착해서 4천여 평이 넘는 토끼풀밭을 갈고 계시는 바람에 어쩔 수가 없었지요. 형님 마중 나오면서 옷도 제대로 갈아입지 않고. 이해해 줘. 아시다시피 아직 6시도 안 됐잖아."

"톰, 오랜만에 보니 정말 반갑구나."

동생의 손을 잡으며 로버트가 말을 이었다.

"그래, 드디어 돌아왔다. 너의 그 '드디어'라는 말이 정말 맞구나. 2년 전에 와 보고 틈을 내지 못했으니. 하지만 이제는 더 자주 들르마."

한여름 무더위 속에서도 북극의 유령처럼 차갑고, 노르웨이의 눈처럼 하얀 앨리시아가 얇은 모슬린 옷에 레이스 달린 양산을 팔락이며 정거장 모퉁이를 돌아 두 형제 쪽으로 사뿐사뿐 걸어왔다. 그 모습에 톰은 침착성을 잃어버렸다. 자신의 파란 작업복만 눈에 선해서 집으로 돌아오는 길에도 마음속 생각을 노새에게만 털어놓았다.

마차는 덜컹거리며 형제의 집을 향해 달렸다. 지평선 가까이로 기운 태양이 풍요로운 밀밭 위로 마지막 황금빛을 아낌없이 토해내고 있었다. 숲과 골짜기와 언덕 사이로 구불거리는 길이 단정치

못하게 풀어 헤친 리본 같았다. 바람이 태양신의 준마들 뒤를 히힝거리면서 쫓아오는 망아지처럼 그들의 뒤를 따라왔다.

얼마쯤 갔을까. 든든해 보이는 관목 숲 사이로 잿빛 농가가 모습을 드러냈다. 집까지 나 있는 오솔길에는 호두나무가 호위하듯 줄지어 서 있었다. 그들은 들장미와 시냇가에 무성하게 자란 수양버들의 시원스런 입김을 마셨다. 이어서 온갖 대지의 목소리가 화음을 맞춰 로버트 웜즐리의 영혼을 향해 노래를 불러 주기 시작했다. 그 소리는 어둑어둑하고 그늘진 숲의 복도에서 희미하게 들려왔다. 메마른 풀숲에서는 사각사각 와글와글 소리가, 시냇물 여울에서는 졸졸졸 지저귀는 소리가 났고, 어둑한 목초지에서는 목신의 청아한 피리 소리가 울려 퍼졌다. 이에 화음을 맞추듯 하늘에서는 날벌레를 쫓는 쏙독새의 지저귐도 들려왔다. 천천히 걸어가는 암소의 방울 소리는 정겹게 반주를 했다. 그리고 이 소리들은 저마다 "드디어 돌아오셨군요"이라고 말하고 있었다.

친근한 대지의 목소리가 그에게 말을 건넸다. 나뭇잎과 싹과 꽃이 철없던 어린 시절에 나눴던 그 말투로 말을 걸어왔다. 생명은 없지만 친구 같은 돌과 담장, 대문과 밭, 지붕과 길모퉁이들도 이런저런 얘기를 들려주었다. 그것들은 사람을 변모시키는 힘을 가지고 있었다. 고향은 그를 향해 다정한 미소를 건네었고, 그는 고향의 숨결을 마음껏 느꼈다. 그의 가슴은 잠시 옛 애인에게 돌아온 것처럼 두근거렸다. 어느새 도시는 아득히 물러가 있었다.

　시골로의 귀향은 로버트 왐즐리의 마음을 완전히 사로잡아 버렸다. 하지만 옆에 앉아 있는 앨리시아와 관련해서 뭔가 이상한 사실을 깨달았다. 갑자기 그녀가 다른 사람처럼 느껴진 것이다. 아내는 그가 다시 찾아온 세상에 속하는 사람이 아니었다. 전에는 아내가 그렇게 멀고, 그렇게 높게 — 모호하고 비현실적인 존재처럼 보인 적이 없었다. 하지만 마터호른이 농부의 양배추밭과 어울리지 않는 것과 마찬가지로 그의 기분이라든지 그녀의 환경과 전혀 어울리지 않는 덜컹거리는 용수철 마차를 함께 타고 있는 지금보다 더 그녀가 우러러 보인 적은 없었다.

　정다운 인사와 저녁 식사가 끝난 후, 누렁이 버프와 온 가족이 집 앞 현관에 모여 앉았다. 티 타임을 위한 멋진 연회색 드레스를 차려입은 앨리시아는 도도하기보다는 그저 아무 말 없이 그림자처럼 앉아 있었다. 시어머니는 며느리에게 마멀레이드라든지 허리 통증 같은 이야기들을 즐겁게 들려주었다. 톰은 계단 맨 위쪽에 앉아 있었고 여동생 밀리와 팜은

맨 아래쪽에 앉아 연신 개똥벌레를 잡고 있었다. 어머니는 버드나무로 만든 흔들의자에, 아버지는 한쪽 팔걸이가 떨어져 나간 큰 안락의자에 앉아 있었다. 버프는 현관을 가로막고 한복판에 사지를 벌리고 드러누워 있었다. 황혼녘에 나타나는 꼬마 요정과 장난꾸러기 요정들이 몰래 다가와, 로버트의 가슴속에 기억의 화살을 마구 쏘아 댔다. 시골의 흥취가 그의 영혼을 사로잡았다. 도시는 아득히 멀어져 있었다.

아버지는 엄격한 예절에 얽매어 무거운 장화 속에서 발가락만 꼼지락대며 파이프도 물지 못하고 앉아 있었다. 보다 못한 로버트가 입을 열었다.

"아버지, 그러지 않으셔도 돼요."

로버트는 파이프를 가져와 불을 붙여 아버지에게 건넸다. 그리고 노신사의 장화를 잡더니 벗기기 시작했다. 그러다 나머지 한쪽이 갑자기 벗겨지는 바람에 워싱턴 지역의 명사 로버트 왐즐리 씨는 벌러덩 나가동그라져서 버프와 부딪쳤다. 깜짝 놀란 버프가 깨갱거리며 비명을 질렀다. 톰이 놀리듯 웃어 댔다.

로버트가 웃옷과 조끼를 홀러덩 벗어 라일락 덤불 쪽으로 던졌다.

"이리 나와, 이 촌뜨기야!"

로버트가 톰에게 소리쳤다.

"네 녀석 등짝에 똥 잔디를 묻혀 주마. 아까 나보고 '기름 독에 빠졌다'고 했겠다? 그렇게도 까불고 싶냐? 어디 한번 덤벼 보시지."

톰은 이 도전의 뜻을 알아차리고 기꺼이 응했다. 두 형제는 매트에서 싸우는 거인들처럼 잔디 위에서 엎치락뒤치락 세 판이나 뒹굴었다. 톰은 두 번씩이나 유명 변호사의 손에 의해 풀밭에 나가떨어졌다. 헝클어진 머리에 숨을 헐떡거리며 힘자랑을 하던 형제는 기진맥진해져서 현관으로 걸어왔다. 밀리는 도시 오빠의 실력이 형편없다며 놀렸다. 그러자 로버트는 당장 여치 한 마리를 손으로 잡아 밀리의 얼굴 앞에 바짝 갖다 댔다. 밀리는 복수심에 불타는 오빠에게 쫓겨 비명을 지르며 오솔길로 달아났다. 남매는 5백 미터를 쫓고 쫓기다가 집으로 돌아왔다. 밀리는 승리한 '기름 독'에게 연거푸 미안하다고 말했다.

"느림보 촌뜨기들이 한꺼번에 달려들어도 난 이길 수 있어. 불독이든, 하인이든, 통나무를 굴리는 장수든, 떼거리로 덤비라구!"

의기양양해진 로버트의 목소리가 높아졌다. 로버트는 풀밭에서 연거푸 재주를 넘었다. 톰은 시샘 비슷한 야유를 보냈다. 그리고 "와아!" 하고 함성을 지르더니 뒤뜰로 달려가 농사일을 도와주는 쭈글쭈글한 흑인 영감에게 밴조를 손에 들려 끌고 왔다. 그러고는 마당에 모래를 뿌리고, 「빵 쟁반 위의 닭」이라는 곡에 맞춰 춤을 추고 30분 동안이나 탭댄스 솜씨를 뽐냈다. 정말로 떠들썩하고 미치광이가 된 것 같았다. 노래도 부르고, 한 사람만 빼고는 모두가 비명을 질러 대는 이야기를 떠들고 우스꽝스런 시골뜨기 농부 흉내도 냈다. 피 속에 흐르는 옛 기질이 되살아난 로버트는 꼭 미친 것 같았다. 점점 도가 지나칠 듯하자 어머니가 부드럽게 그를 나무라려고 했다. 그러자 앨리시아가 무슨 말을 할 듯하다가 결국 아무 말도 하지 않았다. 그녀는 누구도 이상하게 여기거나 표정을 읽을 수 없는 어둠 속에서 하얀 정령처럼 꼼짝 않고 조용히 앉아 있었다.

잠시 후 앨리시아가 피곤하다며 방으로 가고 싶다고 했다. 그녀는 로버트 곁을 지나갔다. 로버트는 문가에 서 있었는데, 온통 헝클어진 머리에 벌겋게 상기된 얼굴과 마구 구겨진 옷이 천박한 희극에 나오는 인물의 몰골이었다. 그에게서는 더 이상 문턱 높은 고급 클럽의 회원이자 무엇 하나 모자란 구석이 없는 핵심 인물로서의 로버트 왐즐리의 면모는 찾아보기 힘들었다. 그는 집에 있는 몇 가지 연장을 이용해서 요술을 해 보이는 중이었다. 가족들은 모두가 그에게 압도되어 그저 감탄의 찬사만 보내고 있었다. 앨리시아가 자신의 곁을 지날 때 로버트는 깜짝 놀랐다. 그녀가 그 자리에 있었다는 것을 깜빡 잊고 있었던 것이다.

앨리시아는 남편에게 눈길 한 번 주지 않고 위층으로 올라갔다. 그 뒤 소동은 점차 가라앉았다. 로버트도 1시간쯤 가족들과 이야기를 나누다 집 안으로 들어갔다.

그가 방으로 들어갔을 때 아내는 창가에 서 있었다. 그녀는 현관 밖에 있었을 때의 옷차림 그대로였다. 창밖에는 꽃이 가득 핀 커다란 사과나무 가지가 창문으로 들어올 듯 뻗어 있었다. 로버트는 길게 한숨을 내쉬며 창가로 걸어갔다. 그는 운명과 대결하기로 각오한 터였다. 오늘로써 벼락출세를 한 게 분명해진 그는 말없이 서 있는 그 하얀 모습에서 심판의 결과를 예상할 수 있었다. 그는 밴 더 풀 가문이 내놓을 엄격한 잣대를 잘 알고 있었다. 그는 야만스럽게 골짜기를 뛰어다녔던 농군이었다. 맑고 차갑고 눈이 녹지 않은 순백의 마터호른은 그에게 얼굴을 찌푸릴 수밖에 없을 것이다. 로버트는 스스로 가면을 벗어 버렸다. 도시가 주었던 세련된 몸가짐도, 태도도, 외모도 시골의 산들바람이 닿자마자 몸에 안 맞는 망토처럼 휙 벗겨진 것이다. 그는 눈앞에 다가온 죄의 선고를 멍하니 기다렸다.

"여보."

그녀의 목소리는 재판관처럼 차갑고 진지했다.

"난 신사와 결혼한 줄 알았어요."

그래, 마침내 올 것이 왔군. 그러나 이 상황에서도 로버트 왐즐리는 그 옛날 바로 이 창문을 통해 기어오르던 사과나무 가지 생각에 빠져 있었다. 지금도 올라갈 수 있을 거야, 하고 그는 생각했다. 도대체 저 나무에 핀 꽃이 몇 송이나 될까? 천만 송이쯤 될까?
그때 다시 말소리가 들렸다.

"난 정말 신사와 결혼한 줄 알았어요."

이어서 그 목소리는 말했다.

"하지만……."

그녀가 왜 내 옆에 바짝 다가설까?

"하지만 이제 알았어요. 내가 결혼한 사람은……."

이게 앨리사의 목소리란 말인가?

"더 멋진 남자라는 사실이에요. 밥, 내게 입 맞춰 줘요."

도시는 아득히 먼 곳에 있었다.

마지막 잎새

워싱턴 광장 동쪽 지역은 길이 이리저리 어지럽게 얽혀 있고 그 길을 따라 '플레이스'라고 부르는 작은 동네들로 나뉘어 있다. 이 '플레이스'는 기묘한 각도와 곡선을 만들어 내는데, 거리 하나를 따라 걷다 보면 한두 번쯤 다시 그 길과 만나게 된다. 일찍이 어떤 화가는 이 거리에서 기가 막힌 장점을 찾아냈다. 물감이나 종이라든지, 캔버스 값 청구서를 가진 수금원이 이 길로 들어섰다가는 외상값을 한 푼도 받지 못한 채 되돌아가야 하지 않을까!

　그래서 가난한 예술가들은 방세가 싼 집을 찾아 창문이 북쪽으로 난 18세기풍의 네덜란드식 다락방이 있는 이 특이하고 역사 깊은 그리니치빌리지로 꾸역꾸역 몰려들기 시작했다. 그렇게 백랍으로 만든 컵과 화로가 달린 냄비 한두 개를 사 들고 온 사람들이 자리 잡기 시작하면서 이 6번가에 '예술인 마을'이 생긴 것이다.

　수와 존시의 화실은 나지막한 3층 벽돌집 꼭대기에 있었다. '존시'는 조애너의 애칭이다. 수는 메인 주 출신이고 존시의 고향은 캘리포니아였다. 그들은 8번가에 있는 '델모니코 식당'에서 정식을 먹다가 만났는데, 예술과 치커리 샐러드와 아래쪽이 넓고 손목은 좁은 소매를 좋아한다는 공통점 때문에 함께 화실을 차리게 되었다.

그것이 5월의 일이었다. 11월이 되자, 의사들이 '폐렴'이라고 부르는 차갑고 눈에 보이지 않는 낯선 손님이 이 마을을 활보하면서 차가운 손으로 이 사람 저 사람 쓰다듬고 다녔다. 동쪽 너머에서는 이 파괴자가 대담하게 돌아다니며 수십 명의 희생자를 냈지만 이 좁고 이끼 낀 미로 같은 '플레이스'에서는 걸음이 느려졌다.

미스터 폐렴은 기사도 정신이 투철한 노신사라고는 볼 수 없었다. 캘리포니아의 부드러운 바람의 영향으로 체질적으로 약했던 조그맣고 어린 처녀는 애초에 피 묻은 주먹에 숨결이 거친 늙은 협잡꾼의 상대가 될 수 없었기 때문이다. 그럼에도 불구하고 그는 존시를 덮쳤다. 존시는 지금 페인트칠한 철제 침대에 꼼짝없이 누워서 네덜란드풍의 작은 유리창으로 옆집의 벽돌로 된 텅 빈 벽만 바라보고 있었다.

어느 날 아침, 바쁜 의사는 숱 많은 반백의 눈썹을 움직여 수에게 복도로 나오라는 신호를 보냈다.

"저 처녀가 나을 가망은 글쎄, 열에 하나야."

의사가 체온계를 흔들어 수은을 아래로 내려가게 하면서 입을 열었다.

"그나마도 살려는 의지가 있어야 가능할 텐데, 지금처럼 장의사 쪽에 줄을 서 있으면 처방전이고 뭐고 다 헛짓이지. 저 처녀는 아예 자기가 낫지 않을 거라고 생각하고 있어. 저 처녀가 마음 쏟을 만한 게 뭐 없을까?"

"친구는 언젠가 나폴리 만을 그리고 싶다고 했어요."

수가 말했다.

"그림을 그려? 바보같이! 무언가 마음을 쏟을 만한 게 없느냐고, 예를 들면 남자라든지?"

"남자요?"

수가 퉁명스러운 목소리로 되물었다.

"남자가 그럴 만한 가치가 있나요? 아니에요, 의사 선생님, 그런 건 아무것도 없어요."

"음, 그거 안타까운 일이군."

의사가 말했다.

"내가 할 수 있는 한 모두 해보겠어. 하지만 환자가 자기 장례 행렬의 마차 수를 세기 시작하면 약의 효과도 반으로 줄겠지. 아가씨가 잘 달래서 이번 겨울에 새로 유행할 외투 소매라도 궁금하게 만든다면 희망이 열에 하나가 아니라 다섯에 하나는 될 거라고 내 약속하지."

의사가 떠난 뒤 작업실로 들어간 수는 종이 냅킨이 흠뻑 젖을 때까지 울었다. 그런 다음 화판을 들고 휘파람으로 재즈를 연주하며 씩씩하게 존시의 방으로 걸어갔다.

존시는 침대보에 주름 하나 생기지 않을 정도로 반듯하게 누워 창문을 바라보고 있었다. 수는 친구가 잠들어 있는 줄 알고 휘파람을 그쳤다.

수는 화판을 펼쳐 펜과 잉크로 어떤 잡지 소설의 삽화를 그리기 시작했다. 경험 없는 젊은 화가들은, 젊은 소설가가 문학이라는 길을 헤쳐 나가기 위해 기고하는 잡지 소설에 삽화를 그리는 것으로나마 자신의 길을 닦아야 했다.

수가 소설의 주인공인 아이다호 카우보이가 마술 대회에 입고 나갈 우아한 승마 바지와 외알 안경을 그리고 있는데 나지막한 소리가 몇 번인가 되풀이해서 들려왔다. 수는 얼른 침대 곁으로 다가갔다.

존시는 눈을 크게 뜨고 있었다. 그녀는 창문 밖을 내다보며 거꾸로 수를 세고 있는 중이었다.

"열둘" 하고 센 다음 조금 있다가 "열하나" 그리고 "열, 아홉"에 이어서 "여덟"과 "일곱"을 거의 동시에 셌다.

수는 창밖을 열심히 내다보았다. 도대체 무얼 세고 있는 것일까? 거기에는 메마르고 쓸쓸한 마당과 6미터쯤 떨어진 곳에 벽돌 집의 황량한 벽밖에는 보이는 게 없었다. 그리고 뿌리가 말라비틀어진 담쟁이덩굴이 벽을 반쯤 타고 올라가 있었다. 가을의 차가운 입김이 담쟁이덩굴의 잎사귀를 떨어뜨려서 앙상해진 덩굴만 허물어져 가는 낡은 벽에 매달려 있었다.

"애, 뭐 하는 거니?"

수가 물었다.

"여섯."

존시가 속삭이듯 말했다.

"이제 더 빨리 떨어지네. 사흘 전만 해도 백 개쯤 됐었는데. 아, 또 하나 떨어졌어. 이제 다섯 개밖에 안 남았네."

"다섯 개라니, 뭐가? 내게 말해 봐."

"잎사귀 말이야. 담쟁이덩굴 잎사귀. 마지막 한 잎이 떨어질 때 나도 갈 거야. 난 사흘 전부터 알고 있었어. 의사 선생님이 너에게 말하지 않던?"

"그런 바보 같은 소리는 처음이야."

수는 몹시 경멸하는 투로 투덜거렸다.

"마른 담쟁이덩굴 잎사귀랑 네가 낫는 거랑 무슨 상관이 있다고 그러니? 그리고 넌 저 담쟁이를 아주 좋아했었잖아, 이 못난 아가씨야. 그런 바보 같은 소리는 그만둬. 하긴, 의사 선생님이 오늘

아침 말씀하시는데 네가 곧 완쾌될 가능성은, 뭐라더라, 열에 하나
랬어! 하지만 우리가 뉴욕에서 전차를 타거나 새로 짓고 있는 건
물 아래를 지나갈 때도 그만한 위험은 있어. 그러니 어서 이 수프
좀 먹어 봐. 그리고 내가 마음 편히 그림 좀 그리게 해 줘. 그걸 편
집자에게 가져가야 앓아 누워 있는 우리 아기에게 포도주도 사 주
고, 식성 좋은 나는 돼지고기 요리 좀 실컷 먹지.”

“포도주는 더 사지 않아도 돼.”

존시는 여전히 창밖을 내다보며 말했다.

“아, 또 잎 하나가 떨어졌어. 난 수프도 먹지 않을 거야. 아, 이
제 네 잎밖에 남지 않았네. 어두워지기 전에 마지막 잎새를 보고
싶어. 그 다음에 나도 가는 거야.”

“존시, 제발……. 내가 그림을 완성할 때까지 눈을 감고 창밖을
내다보지 않겠다고 약속해 줘. 내일까지 이 그림을 갖다 줘야 한
단 말이야. 나에게는 빛이 필요해, 그렇지만 않으면 커튼을 내리
고 싶지만.”

수는 그녀에게 몸을 굽히며 말했다.

“다른 방에 가서 그릴 순 없어?”

존시가 쌀쌀맞게 물었다.

“아니, 차라리 여기 있겠어. 그래야 네가 저 바보 같은 담쟁이
잎을 바라보지 못하겠지.”

수가 말했다.

"그럼 그림을 완성하자마자 내게 말해 줘."

존시는 눈을 감은 채 마치 넘어진 석고상처럼 창백하고 조용한 모습으로 누워 있었다.

"마지막 잎새가 떨어지는 걸 보고 싶어. 이젠 기다리는 것도 지쳤어. 생각하는 것도 싫고. 내가 쥐고 있던 것들을 모두 놓아주고 저 가엾은 잎사귀들처럼 아래로 아래로 떨어지고 싶어."

"잠을 좀 청해 봐. 난 버먼 할아버지에게 늙은 은둔자 광부의 모델이 되어 달라고 부탁해야겠어. 일 분도 안 걸릴 거야. 내가 올 때까지 움직이면 안 돼."

버먼 영감은 아래층에 살고 있는 화가였다. 예순 살이 넘은 그는 미켈란젤로의 모세 상처럼 곱슬곱슬한 구레나룻을 반인반수(伴人伴獸)처럼 생긴 머리에서부터 장난꾸러기 요정 같은 몸으로 늘어뜨리고 있었다. 버먼 영감은 실패한 화가였다. 40년 동안 붓을 놓은 적이 없지만 예술의 여신 치맛자락 근처에도 가 보지 못했던 것이다. 그는 항상 걸작을 그리겠다고 큰소리쳤지만 아직 시작도 못하고 있었다. 벌써 여러 해 동안 이따금 상업용이나 광고용으로 어설픈 그림을 그린 것 외에 아무것도 그린 것이 없었다. 그는 전문 모델을 쓰지 못하는 예술인 마을의 젊은 화가들에게 모델 노릇을 해 주면서 근근이 살아가고 있었다. 늘 술에 찌들어 살면서도 머지않아 걸작을 그리겠다고 입버릇처럼 말했다. 작은 몸집에 괴팍한 성격으로 누구든 만만하게 보이면 가차 없이 비웃어 댔다. 다만 위층에 사는 두 젊은 예술가에 대해서만큼은 그들을 지켜 주는 맹견을 자처하고 있었다.

수는 아래층의 어두침침한 굴속 같은 방에서 노간주나무 열매로 빚은 술 냄새를 지독하게 풍기는 버먼 영감을 발견했다. 방 한 구석에는 아무것도 그리지 않은 캔버스가 25년째 걸작의 반열에 오르기를 기다리며 이젤 위에 놓여 있었다. 수는 영감에게 존시의 상태에 대해 들려주면서, 친구가 세상에 대해 갖고 있는 가냘픈 집착이 점점 더 약해져서 정말로 가볍고 연약한 낙엽처럼 날아가 버릴까 봐 무섭다고 털어놓았다.

충혈된 눈에 눈물을 글썽거리던 버먼 영감은 그런 어리석은 생각을 경멸하고 비웃었다.

"뭐라고!"

그가 소리쳤다.

"그 말라비틀어진 덩굴에서 잎사귀가 떨어진다고 저도 죽겠다니 세상에 그런 멍청이가 어디 있담? 살다 살다 그런 얘기는 처음이야. 그만둬, 그런 바보 멍청이 같은 처녀를 위해 모델 노릇은 하지 않겠어. 왜 그런 바보 같은 생각을 하도록 내버려두는 거지? 아, 가엾은 존시."

"너무 아프다 보니 존시는 마음까지 약해진 것 같아요. 열이 나서 마음까지 병들었는지 이상한 생각을 하는군요. 좋아요, 버먼 할아버지. 저를 위해 모델이 되어 주고 싶지 않으시다면 그렇게 하세요. 하지만 전 할아버지를 약속도 안 지키는 지…… 지독한 노인이라고 생각할 테니까요."

"여자란 어쩔 수 없군!"

버먼 영감이 버럭 소리 질렀다.

"누가 모델이 되기 싫다고 했나? 자, 같이 가자고. 30분 전부터 모델을 설 준비를 했다고 내가 말했잖아. 허 참, 이곳은 존시가 앓아 누워 있기에 좋은 곳이 못 되는데. 머지않아 내가 걸작을 그리면 우리 모두 여기를 떠나자고, 아무렴."

두 사람이 위층으로 올라갔을 때 존시는 잠들어 있었다. 수는 커튼을 내리고 버먼 영감에게 다른 방에 가 있으라고 손짓을 했다. 그곳에서 그들은 두려운 마음으로 창문 밖 담쟁이덩굴을 바라보았다. 그런 다음 한동안 말없이 서로를 쳐다보았다. 찬비가 끝없이 내리더니 눈발까지 날리고 있었다. 낡은 푸른색 셔츠를 입은 버먼 영감은 바위 대신 냄비를 엎어 놓고 그 위에 은둔자 광부처럼 앉았다.

이튿날 아침, 수가 한 시간쯤 자다 일어났을 때 존시는 생기 없는 눈을 크게 뜨고 초록색 커튼을 노려보고 있었다.

"커튼 좀 올려줘. 밖을 보고 싶어."

그녀가 속삭이듯 말했다.

수는 우울한 마음으로 시키는 대로 했다.

그런데 보시라! 밤새도록 호된 비에 사나운 바람이 몰아쳤는데도 벽돌집 벽에는 담쟁이 잎 하나가 아직도 남아 있었다. 담쟁이 덩굴의 마지막 잎이었다. 잎자루 가까이는 아직 짙은 초록색이지만 톱니 모양의 가장자리는 시들고 색이 바래서 노란빛을 띤 채 땅에서 6미터쯤 높이의 가지에 용감하게 달려 있었다.

"마지막 잎사귀야."

존시가 말했다.

"간밤에 틀림없이 떨어질 줄 알았는데. 바람 소리를 들었거든. 오늘은 떨어졌겠지, 그럼 나도 함께 가야지 하고 생각했어."

"자, 존시!"

수는 지친 얼굴을 베개에 묻으면서 말했다.

"너를 생각하기 싫거든 나를 생각해. 나는 어떡하라고 그러는 거야?"

그러나 존시는 아무런 대답도 하지 않았다. 세상에서 가장 외로운 것은 멀고도 신비한 죽음이라는 여행을 준비하는 영혼이었다. 그녀를 우정과 이 땅에 연결시켜 주는 끈이 하나하나 떨어져 나가면서 고약한 망상이 더욱 그녀의 생각을 사로잡고 있는 것이다.

마지막 잎새 85

하루해가 저물었다. 땅거미가 졌는데도 외로운 마지막 잎새는 떨어지지 않고 벽에 달라붙어 있었다. 밤이 되자 북풍이 다시 몰아치기 시작했고 비는 창문을 두드리며 허름한 네덜란드풍 처마 밑으로 후두둑 떨어졌다.

날이 밝자 존시는 무조건 커튼을 걷어 올리라고 명령했다.

담쟁이 잎은 여전히 그 자리에 있었다.

존시는 오랫동안 그 잎을 바라보았다. 그러더니 화로에서 닭고기 수프를 젓고 있던 수를 불렀다.

"수, 그동안 난 나쁜 애였어."

존시가 말했다.

"내가 얼마나 나쁜 애였는지 알려 주려고 마지막 잎이 저기에서 떨어지지 않은 거야. 스스로 죽고 싶어 하다니, 그보다 큰 죄가 있을까. 수, 닭고기 수프 좀 갖다 줘. 그리고 우유를 넣은 포도주도. 아, 아니, 우선 손거울부터 갖다 준 다음 나를 일으켜 줘. 앉아서 네가 요리하는 모습을 볼 테야."

한 시간 뒤에 존시가 말했다.

"수, 언젠가 나폴리 만을 그리고 싶어."

오후에 의사가 들렀다가 돌아갈 때 수는 핑계를 대고 복도까지 따라 나왔다.

"가망은 반반이야."

의사는 가늘게 떨리는 수의 여윈 손을 붙들고 말했다.

"간호만 잘해 주면 아가씨가 이기겠어. 난 이제 아래층 환자를 보러 가야겠군. 이름이 버먼이라고 하던데, 화가 같더군. 역시 폐렴이야. 급성인 데다 나이가 많아 기력은 달리고 가망이 없어 보이지만 오늘 입원하면 좀 편안해지겠지."

이튿날 의사가 수에게 말했다.

"이제 위험한 고비는 넘겼어. 아가씨가 이겼어. 이젠 영양 보충이나 하고 잘 쉬면 될 거야."

그날 오후에 수가 존시의 침대로 가 보니 존시는 별로 쓸모없어 보이는 새파란 색의 털목도리를 뜨고 있었다. 수는 두 팔로 친구와 베개를 함께 덥석 끌어안았다.

"할 말이 있어, 귀여운 아가씨."

수가 말했다.

"버먼 할아버지가 오늘 병원에서 폐렴으로 돌아가셨어. 겨우 이틀을 앓고 말이야. 엊그제 아침에 수위가 할아버지 방에 들렀는데 아파서 어쩔 줄 몰라 하고 계시더래. 할아버지의 신발과 옷은 온통 젖어서 얼음처럼 차갑고. 그렇게 날씨가 안 좋은 밤에 할아버지가 어디에 갔다 오셨는지 그때만 해도 전혀 몰랐지. 그러다가 아직 불이 켜져 있는 손전등이랑 늘 두던 장소에서 끌어낸 사다리와 마구 흩어져 있는 붓들이랑 초록색과 노란색이 섞여 있는 팔레트를 찾아냈대. 저 창문 좀 봐, 저 벽에 있는 마지막 잎사귀 말야. 왜 바람이 그렇게 불었는데도 저 잎이 펄럭이거나 떨어지지 않았는지 궁금하지 않아? 아, 존시, 저건 버먼 할아버지가 그린 걸작이야. 할아버지는 그날 밤 마지막 잎이 떨어졌을 때 대신 저걸 그린 거야."

The Last Leaf

토빈의 손금

토빈과 나, 우리 둘은 어느 날 코니⁺까지 걸어갔다. 우리에게는 4달러밖에 없었지만 토빈에게는 기분 전환이 필요했다. 토빈은 슬리고 카운티에 사는 애인 캐티 마호너가 3개월 전 미국으로 오겠다고 해서 2백 달러의 예금과 유산으로 물려받은 보그 샤너흐의 부동산과 멋진 오두막과 돼지를 판 돈 백 달러를 보냈는데 그녀가 사라졌기 때문이다. 토빈은 캐티 마호너로부터 자신을 만나러 올 거라는 편지를 받은 후에 그녀를 만나기는커녕 아무런 소식도 듣지 못했다. 신문에 광고도 내 보았지만 그녀를 찾을 수 없었다.

토빈과 나는 코니까지 걸어가면서 놀이공원의 롤러코스터라든지 팝콘 냄새가 토빈의 응어리진 기분을 풀어 줄 거라고 생각했다. 하지만 토빈은 고집스런 친구였고, 슬픔이 뼈 속까지 배어 버린 것

✛ **코니**: 뉴욕, 브루클린 남쪽에 있는 역사 깊은 놀이공원.

같았다. 토빈은 하늘로 날아가는 풍선들을 보고 이를 갈았다. 활동사진을 보며 욕설을 퍼부었고, 비록 술을 권하면 마시기는 했겠지만 '펀치와 주디'†에게 야유를 보냈고, 철판 사진 속의 사람들을 홅으려고 했다.

그래서 나는 볼거리가 덜 자극적인 큰길로 그를 데리고 갔다. 토빈은 가로 180센티미터, 세로 240센티미터쯤 되는 칸막이를 발견하고는 뭔가를 더 찾는 듯한 눈길로 걸음을 멈췄다.

"여기라면 기분이 좀 풀릴 것 같아. 나일 강의 유명한 손금쟁이에게 손금을 봐 달라고 해야겠어. 내 앞날이 어떤지 알고 싶어."

그가 말했다.

토빈은 자연의 징조라든지 불가사의를 믿는 편이었다. 그는 검은 고양이의 복수라든지 행운의 숫자, 신문에 난 일기예보 따위를 터무니없는 확신을 가지고 믿었다.

우리는 홀린 듯이 붉은 천에 중앙 철도처럼 선들이 교차하는 손금이 그려진 묘한 분위기를 자아내는 칸막이 안으로 들어갔다. 문 위에는 '이집트 손금쟁이 마담 조조'라는 간판이 걸려 있었다. 안으로 들어서자 갈고리와 동물 그림을 수놓은 민소매의

✣ **펀치와 주디**: 영국의 익살스런 인형극.

헐렁한 붉은 옷을 입은 뚱뚱한 여자가 보였다. 토빈은 그녀에게 10센트를 내고 자신의 손바닥을 펼쳐 보였다. 여자는 짐마차를 끄는 말의 발굽과 비슷한 토빈의 손바닥을 쳐들고는 그가 찾아온 이유가 발바닥에 돌이 박혔는지 혹은 잃어버린 편자 때문인지 살펴보았다.

"신사 양반, 여기 당신의 운명선이……."

마담 조조가 말했다.

"이건 발이 아니오. 물론 아름답진 않지만 당신이 보고 있는 건 내 손바닥이란 말이오."

토빈이 말을 가로막았다.

"좋아, 손금을 보아하니 당신 인생에서 아직 불운이 떠나질 않았군. 앞으로 더 많이 찾아오겠는걸. 비너스의 언덕†을 보니―혹시 돌에 맞지 않았어?―당신은 사랑에 빠졌어. 그리고 그 애인 때문에 인생이 고달프군."

"저 여자가 캐티 마호너 얘기를 하는군."

토빈이 옆 사람에게 들릴 만큼 소리 내어 내게 속삭였다.

"당신은 잊을 수 없는 누군가 때문에 엄청난 슬픔과 고생을 겪고 있어. 손금을 보니 그 여자 이름에 K자와 M자가 들어 있어."

✤ 엄지손가락 아래 두툼한 부분을 말함.

"이런! 자네 저 말 들었나?"

토빈이 내게 말했다.

"검은 남자와 하얀 여자를 조심해! 그들이 당신을 곤경에 빠뜨릴 거야. 당신은 물로 여행을 떠나고 돈을 잃을 거야. 하지만 행운을 가져다줄 손금도 하나 보이는군. 어떤 남자가 당신 인생에 끼어들어 엄청난 행운을 가져다주겠어. 그 사람이 누군지는 남자의 구부러진 코를 보면 단박에 알 수 있을 거야."

손금쟁이가 계속해서 말했다.

"그 남자의 이름을 알 수 있을까요? 그가 행운을 몰고 올 때 감사의 인사라도 할 수 있게."

토빈이 물었다.

"그 남자의 이름은 손금에 나와 있지 않아. 하지만 이 긴 선을 보니 이름 안에 틀림없이 'O' 자가 들어 있어. 더 이상은 몰라. 그럼 가서 즐거운 저녁을 보내도록. 문은 닫지 말고."

"손금쟁이가 어떻게 알지, 정말 신기해."

부두로 걸어가며 토빈이 말했다.

우리가 울타리 문을 밀치려고 할 때 어떤 혹인 남자가 불붙은 담배로 토빈의 귀를 찔렀고 여기에서 문제가 생겼다. 토빈이 그의 목덜미를 한 방 후려치자 여자들이 비명을 질러 댔던 것이다. 나는 경찰이 오기 전에 친구를 그 자리에서 빨리 끌어내야겠다는 생각밖에 들지 않았다. 토빈은 자신에게 몰두해 있을 때면 성미가 사나워지곤 했다.

돌아오는 배에서 어떤 남자가 "잘생긴 웨이터 원하시는 분 계십니까?"라고 소리쳤다. 토빈은 맥주 조끼의 거품을 입으로 불고 싶어서 웨이터를 부를까 했지만 주머니를 뒤적여 보다 돈이 없어진 것을 알고 포기했다. 누군가 소동 중에 그의 주머니에 손을 댄 것이다. 그래서 우리는 그냥 맨입으로 갑판의 의자에 앉아 스페인 악사의 바이올린 연주를 들었다. 무언가 달라진 일이 있다면 처음보다 토빈의 기분이 더 나빠지고 자신의 불운에 더욱 민감해졌다는 점뿐이었다.

난간 옆 의자에는 빨간색 자동차에나 어울릴 법한 옷차림에 불붙이지 않은 미어섬 파이프 같은 머리 색깔의 아가씨가 앉아 있었다. 그런데 토빈이 그녀 앞을 지나다가 자신도 모르게 그녀의 발을 걷어찼다. 술을 마시면 여자에게 친절해지는 토빈이 모자를 벗어 옆으로 내리며 사과의 뜻을 전하려고 했다. 그러다 모자를 떨어뜨렸는데 마침 불어온 바람에 날아가 버린 것이다.

토빈이 되돌아와 다시 앉았을 때 나는 자꾸만 불운이 생기는 친구가 걱정스러워 유심히 쳐다보았다. 그는 불행이 가혹하게 몰아세울 때면 괜히 부자에게 화풀이를 하고 제멋대로 구는 경향이 있었다.

토빈이 내 팔을 잡으며 말했다.

"잔, 우리가 지금 뭘 하고 있는지 알아? 우린 지금 물을 여행하고 있어."

"진정해. 10분만 있으면 육지에 닿을 거야."

내가 말했다.

"이봐, 저 벤치의 금발 머리 여자 좀 봐. 자네 내 귀를 지졌던 그 흑인 녀석 생각나지 않나? 그리고 내가 잃어버린 돈도 잊지 않았겠지? 1달러 65센트 말야?"

토빈이 말했다.

나는 토빈이 자신의 거친 행동을 변명하기 위해 불행을 이용하는 것밖에 안 된다고 생각했다. 인간이라면 모두 그렇듯이 말이다. 그래서 그런 일들이 모두 별것 아닌 일이라고 설득하려고 애썼다.

"이봐, 자네는 예언 능력이라든가 계시 받은 사람의 신기 같은 것에는 귀 기울이지 않는군. 그 손금쟁이 여인이 내 손을 보면서 뭐라고 말했지? 자네가 보는 앞에서 모든 것이 사실로 밝혀지고 있어. 그 여자가 '검은 남자와 하얀 여자를 조심하라'고 그랬지. 그렇지 않으면 화를 입게 될 거라고. 자네 그 흑인 남자 기억하지? 비록 내 주먹에 맞기는 했지만 말야. 게다가 내 모자를 물에 떨어

뜨리게 만든 그 금발 여자보다 더 하얀 여자 봤어? 게다가 우리가
과녁 맞추기 코너를 떠나올 때 내 조끼에 들어 있던 1달러 65센트
는 또 어떻게 되었고?"

토빈이 말했다.

그런 일들은 손금에 나타나 있지 않아도 코니 섬에 놀러 오면
얼마든지 겪을 수 있는 사고였지만 토빈에게는 분명히 손금쟁이
의 예언 능력의 증거로밖에 보이지 않는 것이다.

토빈은 자리에서 일어나 갑판을 돌아다니며 빨갛게 충혈된 조
그만 눈으로 사람들을 유심히 관찰했다. 나는 그에게 무슨 짓을
하는 거냐고 물었다. 토빈이 어떤 행동을 하기까지는 도대체 무슨
생각을 하고 있는지 알 길이 없었다.

"나는 내 손금에 나온 대로 약속된 구원의 인물을 찾고 있어. 내
게 행운을 가져다준다는 매부리코의 남자 말이야. 그만이 우리를
구제해 줄 수 있어. 잔, 자네 평생 콧날이 매끈한 구원자 본 적이
있나?"

그것은 93호 보트였다. 토빈은 모자를 찾지 못했고, 우리는 육
지에 내려서 22번가 주택가 쪽으로 걸어갔다.

거리 모퉁이의 가스등 아래에 서서 달빛이 쏟아지는 비탈길을
바라보고 있는 남자가 있었다. 큰 키에 점잖은 옷차림의 그는 담

배를 물고 있었는데, 나는 그의 코가 콧날부터 코끝에 걸쳐 두 곳이 꿈틀거리는 뱀처럼 휘었다는 것을 알아차렸다. 토빈도 거의 동시에 그 모습을 보았다. 고삐가 당겨진 말처럼 토빈의 거친 숨소리가 들렸다. 토빈은 곧장 남자에게 다가갔고, 나도 뒤따라갔다.

"안녕하십니까?"

토빈이 남자에게 말을 걸었다. 남자는 물고 있던 시가를 빼고 상냥하게 인사를 받았다.

"혹시 성함이 어떻게 되시죠? 좀 말씀해 주십시오. 꼭 알아야겠기에 그렇습니다."

토빈이 물었다.

"내 이름은 프리든하우스먼입니다. 막시무스 G. 프리든하우스먼."

남자가 공손하게 대답했다.

"정말 긴 이름이군요. 혹시 이름에 'O' 자가 들어갑니까?"

"아니오."

남자가 말했다.

"정말 철자에 'O' 자가 없습니까?"

걱정스런 표정으로 토빈이 물었다.

"외국어가 마음에 들지 않는다면, 원한다면 두 번째 음절쯤에 그 글자를 넣으시죠."

매부리코 남자가 말했다.

"좋습니다. 저희는 잔 맬론과 다니엘 토빈이라고 합니다."

토빈이 말했다.

"그렇습니까."

남자가 고개를 숙이며 말했다.

"보아하니 이 거리 모퉁이에서 철자 맞히기 시합을 하는 건 아닐 텐데, 여기서 이럴 만한 무슨 이유라도 있는 겁니까?"

"이집트 손금쟁이한테 손금을 보았는데, 그중에 두 가지 예언이 맞아떨어졌습니다. 웬 흑인 남자와, 배에서 만난 금발 여인의 발을 차는 바람에 곤경을 겪게 되었죠. 게다가 1달러 65센트까지 잃었고. 손금쟁이의 예언에 따르면 당신은 내 불운을 행운으로 바꿔 줄 사람입니다. 호일⁺의 말처럼 모든 고생을 한 방에 날려 줄 분인 거죠."

토빈이 설명하려고 애썼다.

남자가 담뱃불을 끄고 나를 바라보았다.

"선생은 친구분 말씀에 달리 하실 말씀이 없습니까? 아니면 같은 생각입니까? 선생 표정을 보니 그런 것 같군요."

"천만에요. 내 친구의 손금이 누군가의 손금과 비슷해서 예언

✤ **호일**(Hoyle, 1672~1769) : 영국의 카드 게임 권위자, 그의 게임 설명서는 당시에 선풍적인 인기를 끌었다.

대로 엄청난 행운을 가져다주면 몰라도. 만일 그렇지 않다면 다니엘의 손금이 열십자이건 아니건 난 상관하지 않겠습니다."

"두 분 선생."

매부리코 남자가 경찰을 기다리는 듯 아래위로 두리번거리며 말했다.

"만나서 무척 반가웠습니다. 안녕히 가십쇼."

그는 시가를 입에 물고 거리를 가로질러 걸음을 재촉했다. 하지만 토빈과 나는 얼른 그의 양옆에 각각 달라붙었다.

"뭡니까?"

그가 반대편 보도에서 걸음을 멈추고 모자를 뒤로 젖혔다.

"왜 나를 따라오는 겁니까? 난……. 당신들을 만난 걸 기쁘게 생각합니다. 하지만 이제 그만 내 갈 길을 가고 싶군요. 어서 집에 가야 합니다."

그의 목소리가 커졌다.

"가십시오. 댁으로 가십시오. 저는 내일 아침에 당신이 나올 때까지 현관 앞에 앉아 있겠습니다. 흑인 남자와 금발 여자, 1달러 65센트의 손해에 대한 저주를 없애는 것은 당신에게 달렸기 때문입니다."

토빈이 그의 소맷부리를 잡으며 말했다.

"정말 이상한 망상이군요."

남자는 정말 어이없다는 얼굴로 나를 돌아다보았다.

"당신 친구를 집으로 데려가는 게 낫지 않겠소?"

"여보시오, 신사 양반."

내가 그에게 말했다.

"다니엘 토빈은 평소와 다름없이 정신이 멀쩡합니다. 아마도 술을 마셔서 약간 혼란스러울지 모르지만 판단이 흐려지거나 이해력을 잃을 정도는 아닙니다. 다만 미신을 믿는 데다 곤경을 겪다 보니 저러는 게 당연합니다. 제가 자세히 설명해 드리죠."

나는 손금 보는 여자에 관한 이야기와 그가 행운을 가져다주는 도구로서 선택된 자초지종을 들려주었다.

"이제 이 소동과 관련해서 제 입장을 이해하셨을 겁니다. 저는 토빈의 친구입니다. 잘나가는 사람의 친구가 되는 것은 보상이 있기 때문에 쉬운 일이지만 불행한 사람의 친구가 되는 일 또한 어렵지 않습니다. 상대방이 감사해 하는 걸 보면서 우쭐할 수도 있고, 양손에 석탄통과 고아의 손을 잡고 집 앞에 서 있는 모습을 찍은 사진도 가질 수 있으니까요. 하지만 우정이란 진정한 친구를 타고난 바보로 만들어 버리죠. 제가 지금 그 꼴이죠."

내가 말했다.

"게다가 손바닥에서 읽을 수 없는 행운은 없다는 게 제 생각입니다. 뾰족한 도구로 손바닥에 그리면 되니까요. 그리고 설령 당신 코가 뉴욕에서 가장 심하게 구부러진 코라고 해도 나는 점쟁이들 말처럼 당신에게서 억지로 행운을 우려낼 수 있다고 믿지 않습니다. 다만 다니엘의 손금에 의하면 당신이 가장 근사치에 가깝고, 그래서 나는 친구가 당신이 아무것도 아니라는 사실을 깨닫게 될 때까지 시험해 보도록 도와줄 작정입니다."

그러자 남자는 뒤로 돌아서더니 돌연 웃음을 터뜨렸다. 그는 모퉁이에 기대어 서서 한참을 웃었다. 그러더니 나와 토빈의 등짝을 툭 친 다음 팔짱을 끼고 우리를 이끌었다.

"이런, 내가 실수를 했군요. 모퉁이를 돌면서 이렇게 아름답고 멋진 일이 일어날 줄 내가 어떻게 알았겠습니까? 나는 하마터면 쓸모없는 존재인 줄 알고 살아갈 뻔했어요. 여기서 가까운 곳에 특이한 사람들에게 어울리는 아늑한 카페가 있소. 우리 그리로 가서 절대적인 존재의 헛됨을 논하며 한잔하십시다."

그는 그렇게 말하면서 나와 토빈을 살롱의 뒷방으로 데려가 술을 주문한 다음 테이블 위에 돈을 올려놓았다. 그는 나와 토빈이 형제라도 되는 것처럼 바라보았고, 우리는 시가를 피웠다.

운명의 남자가 말했다.

"내 직업은 소위 문학이라고 하는 거죠. 나는 밤마다 대중 사이에서 특이한 사람을 찾고, 하늘에서 진리를 찾기 위해 헤매죠. 선생들이 나를 처음 보았을 때도 밤하늘의 제일 발광체+와 교감을 나누는 비탈길에 대해 명상 중이었습니다. 신속한 교통수단은 시요, 예술입니다. 그에 비하면 달은 그저 기계적으로 움직이는 지루하고 무미건조한 물체일 뿐입니다. 하지만 이런 것들은 모두 개인적인 의견일 뿐입니다. 문학에서는 상황이 바뀔 수 있으니까요. 제 소망은 살면서 겪은 이상한 일들을 책으로 기록하는 겁니다.”

“내 이야기도 책에다 쓰겠군. 내 이야기도 쓸 겁니까?”

토빈이 볼멘소리로 말했다.

“아니오. 당신 이야기는 실을 데가 없을 겁니다. 아직은 때가 아니죠. 지금으로선 당신과 마음껏 즐기고 싶군요. 활자의 한계를 뛰어넘기에는 아직 때가 되지 않았습니다. 활자화되면 당신은 정말 환상적으로 보일 겁니다. 나 혼자서 이 기쁨의 잔을 들어야겠군요. 형제들이여, 고맙습니다. 진심으로 고맙습니다.”

“당신 말을 더 이상 듣고 있기엔 내 인내심이 한계에 달했소. 당신의 구부러진 코에서 약속된 행운이 나올 테니 당신은 요란하게 성공의 열매를 거두겠군. 하지만 그 책에 대한 헛소리는 무슨 틈새로 들어오는 바람 소리 같은걸. 난 이제 흑인 남자와 금발 여자 일을 빼고는 내 손금이 거짓말을 했다고 생각할 거요.”

토빈이 수염 사이로 입김을 내뿜으며 주먹으로 테이블을 내리

✤ **제일 발광체**: 달을 뜻함.

쳤다.

"잠깐! 혹시 선생의 관상 때문에 길을 잃게 되진 않을까요? 그럼 내 코가 뭔가 도울 수 있는 일이 있을지 모릅니다. 어쨌거나 우리 한잔 더 마십시다. 우리가 가진 특이한 성질은 촉촉하게 유지돼야 하는데, 도덕적으로 메마른 곳에서는 습기가 부족해지기 쉽거든요."

키 큰 남자가 말했다.

내가 보기에 토빈과 나는 한낱 예언 때문에 지쳐 가고 있는 반면 문학을 한다는 남자는 모든 것을 즐겁게 받아들여 유익하게 만드는 것 같았다. 하지만 화가 난 토빈은 눈알이 빨갛게 되도록 잠자코 술만 마셨다.

11시가 되자 우리는 밖으로 나와 길에서 잠시 서성거렸다. 그때 남자가 자기는 집으로 돌아가야 한다며 우리에게 자기 집으로 함께 가자고 했다. 두 블록 떨어진 골목길에 이르자 현관 마루가 높고 철제 울타리를 두른 벽돌집들이 눈에 들어왔다. 남자는 그중 한 집 앞에서 걸음을 멈추고 어두컴컴한 꼭대기 창문을 바라보았다.

"저기가 나의 누추한 집입니다. 내 아내가 선잠이 들었다는 것을 저 신호로 알 수 있죠. 덕분에 오늘 밤은 내 형제들을 후하게 대접할 수 있을 것 같군요. 우리 집 지하방으로 가서 식사도 하고 쉬다 가시죠. 신선한 닭고기와 치즈에다 맥주도 한두 병 있을 겁니다. 여러분 덕분에 제 기분도 좋아졌으니 꼭 함께 들어가서 음식을 대접하고 싶군요."

비록 다니엘의 손금에 나와 있다는 행운이 몇 잔의 술과 맛있는 안주가 고작이라는 생각에 속이 쓰리기는 했지만 나와 토빈의 식욕과 양심은 그런 제안에 흔쾌히 응했다.

"계단을 내려가시죠."

매부리코 남자가 말했다.

"저는 위층에 올라갔다가 내려가지요. 부엌에 있는 새 하녀에게 우선 커피를 준비하라고 일러두죠. 캐티 매호너 양이 3개월 전 막 배에서 내렸을 때 뱃멀미하는 여자에게 만들어 주었다고 하는데 맛이 기가 막히죠. 들어가 계세요. 제가 그녀를 내려보낼 테니."

20년 후

순찰 중인 경찰관이 근엄한 표정으로 거리를 걸어 올라가고 있었다. 근엄한 표정을 짓는 것은 습관일 뿐 과시하기 위한 것은 아니었다. 보는 사람도 별로 없었기 때문이다. 겨우 밤 10시밖에 안 된 시간이었지만 물기를 머금은 찬바람이 불고 있어서 거리에는 인적이 드물었다.

건장한 몸집을 으스대고 돌아다니며 문단속을 살피기도 하고 현란하고 교묘한 동작으로 경찰봉을 휘두르며 이따금 평온한 도로라든지 길 쪽으로 경계의 눈길을 던지는 모습은 마치 평화의 수호자를 묘사한 그림 같았다. 이곳 근방에 사는 사람들은 일찍 자고 일찍 일어났다. 담배 가게라든지 밤샘 영업을 하는 간이식당의 불빛만이 간간이 보일 뿐 사무실 건물은 대부분 일찌감치 문을 닫았다.

경찰관은 어떤 블록의 중간쯤에서 갑자기 발걸음을 늦추었다.

우중충한 철물점 문가에 웬 사내가 불도 붙이지 않은 시가를 물고 비스듬히 기대어 있었다. 경찰관이 다가가자 사내가 얼른 말을 꺼냈다.

"염려 놓으시오. 경찰 양반."

안심시키려는 듯 그가 말했다.

"전 그냥 친구를 기다리고 있습니다. 20년 전에 만나기로 약속했었지요. 우스꽝스럽게 들리겠지만. 혹시 궁금하시다면 제가 설명해 드리죠. 20년 전 지금 이 가게 자리에는 어떤 식당이 있었죠, '빅 조 브래디 식당'이라고."

"5년 전까지만 해도 있었죠."

경찰관이 말했다.

"그 후에 헐렸지만……."

문가의 사내는 성냥을 그어 시가에 불을 붙였다. 불빛이 날카로운 눈과 오른쪽 눈 주위의 조그만 상처와 각진 턱의 창백한 얼굴을 비추었다. 그의 넥타이핀에는 커다랗고 특이한 모양의 다이아몬드가 박혀 있었다.

"20년 전 오늘 지미 웰스라는 친한 친구와 빅 조 브래디 식당에서 저녁을 먹었죠. 세상에서 가장 멋진 친구죠. 그 친구와 난 이곳 뉴욕에서 형제처럼 함께 자랐어요. 나는 열여덟, 지미는 스무 살이었죠. 그 다음 날 난 돈을 벌기 위해 서부로 떠나기로 되어 있었

지요. 뉴욕에서 지미를 끌어낸다는 건 불가능한 일이었죠. 그 친구는 지구상에 뉴욕밖에 없는 줄 아는 친구였으니까. 어쨌든 우리는 그날, 꼭 20년 후에 바로 여기에서 다시 만나기로 약속을 했죠. 우리의 처지가 어떻게 되었든, 얼마나 먼 곳에서 오든 상관없이. 20년이면 어찌 됐든 우리의 운명도 정해졌을 테고 돈도 모았을 거라고 생각한 거죠."

"아주 흥미롭군요. 만나기로 한 시간치고는 꽤 길긴 하지만요. 그런데 당신이 떠난 후 친구에 대해 소식을 들었습니까?"

경찰이 말했다.

"네, 한동안은 편지를 주고받았죠. 하지만 1년인가 2년이 지난 후 연락이 끊겼어요. 잘 아시다시피 서부가 얼마나 엄청난 시장입니까. 그래서 전 늘 바쁘게 뛰어다녀야 했죠. 하지만 살아 있다면 그 친구도 오늘 이곳으로 날 만나러 올 겁니다. 그 친구는 세상에서 가장 믿을 만하고 건실한 친구니까요. 절대 잊지 않았을 거예요. 전 오늘 밤 이곳에 오려고 천 마일을 달려왔지만 만일 제 친구가 나타난다면 그만한 보람은 있는 거죠."

기다리는 남자는 뚜껑에 작은 다이아몬드가 박힌 멋진 시계를 꺼냈다.

"10시 3분 전이군요."

그가 말했다.

"이 식당 문 앞에서 헤어진 시각이 꼭 10시였죠."

"서부에서 큰돈을 버셨나 보군요, 그렇죠?"

경찰관이 물었다.

"그렇습니다. 지미가 제가 번 돈의 절반이라도 벌었으면 좋겠는데. 좋은 녀석이긴 하지만 고지식한 편이거든요. 전 돈을 벌기 위해 수완 넘치는 재주꾼들과 경쟁을 벌여야 했죠. 그 친구는 뉴욕에서 다람쥐 쳇바퀴 같은 생활을 했을 테고요."

경찰관은 경찰봉을 빙빙 돌리며 두어 걸음 걸어갔다.

"이제 가 봐야겠군요. 친구분을 꼭 만나시길 바랍니다. 그런데 약속 시간까지만 기다리실 참인가요?"

"그래선 안 되죠!"

상대방이 말했다.

"적어도 30분은 친구에게 시간을 줘야죠. 만일 지미가 이 세상에 살아 있다면 그때쯤엔 오겠죠. 그럼 잘 가시오, 경찰 양반."

"잘 있으시오."

경찰은 집집마다 문단속을 잘했는지 확인하면서 계속해서 순찰을 돌았다.

어느새 가늘고 차가운 이슬비가 내리고 이따금 변덕스럽게 한 번씩 휙휙 불던 바람은 강풍으로 바뀌어 있었다. 그 구역을 걷고 있던 몇 안 되는 행인들은 외투 깃을 세우고 손을 주머니에 넣은 채 말없이 우울하게 종종걸음을 쳤다. 그리고 젊었을 적 친구와의 어이없기까지 한 약속을 지키기 위해 천 마일을 달려온 사내는 철물점 문가에 서서 시가를 피우며 친구를 기다렸다.

그렇게 20분쯤 기다렸을 때 긴 외투에 깃을 귀까지 올린 키 큰 남자가 길을 가로질러 황급히 이쪽으로 걸어왔다. 그는 곧장 기다리고 있는 사내에게 다가왔다.

"밥?"

그는 의심스러운 듯 물었다.

"그럼 자네가 지미 웰스?"

문가에 서 있던 남자가 외쳤다.

"아아!"

방금 온 남자는 상대의 손을 잡으며 외쳤다.

"틀림없이 밥이군. 난 자네가 살아 있다면 틀림없이 올 거라고 믿었어. 그래그래, 20년이면 긴 세월이지. 그 옛날 식당은 없어졌다네. 지금까지 남아 있다면 거기에서 우리 둘이 식사를 할 수 있었을 텐데. 그래, 서부에서는 어땠나?"

"멋졌지. 뭐든 갖고 싶은 건 다 가졌으니까. 지미, 자넨 많이 변했군. 이렇게 6, 7센티미터나 더 클 줄 몰랐는걸."

"응, 스무 살이 지나고도 더 자랐지."

"뉴욕에서는 어땠나, 지미?"

116

"그저 그렇지 뭐. 시청의 한 부서에 근무하고 있어. 이리와 봐, 밥. 내가 아는 곳에 가서 옛날이야기나 실컷 하자고."

두 남자는 팔짱을 끼고 걷기 시작했다. 서부에서 온 사내는 성공으로 으쓱해서 자신이 겪은 일들을 대충 풀어 놓았다. 외투에 파묻히다시피 한 친구는 그 이야기를 관심 있게 들었다.

길모퉁이에 전등을 환히 밝힌 약국이 있었다. 그들은 이 눈부신 빛 속으로 들어가자마자 동시에 서로의 얼굴을 쳐다보았다.

서부에서 온 사내가 갑자기 걸음을 멈추고 팔을 풀었다.

"당신은 지미 웰스가 아니야."

그가 느닷없이 소리쳤다.

"20년이 오랜 시간이기는 해도 사람의 코가 매부리코에서 들창코로 바뀔 만큼 긴 시간은 아니지."

"때로는 세월이 착한 사람을 악인으로 바꾸기도 하지."

키 큰 남자가 말했다.

"넌 10분 전에 체포되었던 거라구, '실키' 밥. 시카고 경찰에서 네가 이쪽에 들를지도 모른다고 전보를 보내왔지. 얌전히 따라가 겠지? 그 정도 분별은 있을 테니까. 참, 경찰서로 가기 전에 네게 주라고 부탁 받은 쪽지가 있어. 여기 진열장 앞에서 읽어 보라고. 웰스 경관이 준 거야."

서부에서 온 사내는 건네받은 조그만 종이쪽지를 펼쳤다. 쪽지를 읽기 시작할 때만 해도 멀쩡하던 그의 손이 편지를 다 읽고 난 뒤에는 약간 떨리고 있었다. 쪽지의 내용은 짧았다.

밥, 난 제 시간에 약속 장소에 나갔다네. 자네가 시가에 불을 붙이는 순간 난 시카고에서 수배 중인 범인의 얼굴이라는 걸 알았어. 아무래도 내 손으로는 자네를 체포할 수가 없었네. 그래서 경찰서로 돌아와 사복형 사에게 부탁했다네, 지미.

마부석에서

마부에게도 자기 나름의 주관이 있다. 어쩌면 다른 어떤 직업에 종사하는 사람보다 더 외곬일지도 모른다. 흔들리는 마차의 높은 의자에 앉아 있노라면, 그는 어디론가로 데려다 달라고 하는 사람 외에는 아무짝에도 쓸모없는 하찮은 먼지처럼 깔본다. 그는 왕이고, 당신은 운반 중인 짐짝에 불과하다. 당신이 대통령이든 떠돌이든 마부에게는 한낱 승객일 뿐이다. 마부는 승객을 태운 다음 채찍을 휘둘러 허리뼈를 실컷 요동치게 한 다음 내려놓는다.

요금을 내야 할 시간이 되었을 때 당신이 법정 요금 운운한다면 경멸이란 무엇인지 맛보게 될 것이며, 만일 지갑을 두고 내렸다는 걸 알게 된다면 당신은 단테의 상상력이 얼마나 밋밋한지를 깨닫게 될 것이다.

마부의 목표에 대한 집념과 외곬의 생각이 마차의 특별한 구조 때문이라는 주장이 터무니없지는 않다. 횃대의 수탉은 당신의 운명을 두 손에 쥐고 한 쌍의 가죽끈을 다양하게 놀리며 제우스 신처럼 혼자만이 앉을 수 있는 높은 의자에 고고하게 앉아 있다. 당신은 집사가 단단한 땅 위에서 굽실거리기 전까지는 꼼짝없이 갇혀 중국 관리 인형처럼 우스꽝스럽게 고개를 까닥거리며, 덫에 걸린 쥐처럼 앉아 순회하는 관 뚜껑 틈으로나 겨우 당신이 원하는 바를 말할 수 있다.

그때 마차 안에 있는 당신은 승객이 아니다. 짐짝이나 마찬가지다. 바다로 가는 화물이다. '높은 곳에 앉아 있는 케루빔'[+]은 머릿속으로 데비 존스[++]의 거리와 번지수를 떠올리고 있다.

어느 날 밤 맥개리 패밀리 카페 옆집의 옆집인 커다란 벽돌집에서 흥청망청 떠드는 소리가 울려 퍼졌다. 월시네 아파트에서 흘러나오는 소리 같았다. 호기심이 동한 이웃 사람들은 삼삼오오 모여서 길을 막고 있고, 맥개리 카페에서 잔치라든지 오락과 관계 있는 물건들을 운반하는 심부름꾼들이 분주히 지나갈 때나 가끔 길을 열어 주었다. 길거리의 수다꾼들은 마을 일에 이러쿵저러쿵하느라 여념이 없었는데 거기에서 당연히 노라 월시가 결혼하게 되었다는 소식이 빠질 리 없었다.

드디어 때가 무르익어 길거리는 흥청거리는 사람들로 붐볐다.

<hr>

[+] **케루빔**: 하느님의 보좌를 지키는 천사. 마부를 뜻함.
[++] **데비 존스**: 바다의 악령, 해마.

초대 받지 않은 손님들도 그들을 에워싸다 어느덧 뒤섞여버렸고, 밤하늘에는 즐거운 함성과 축하 인사와 웃음소리가 울려 퍼졌다. 맥개리 카페에서 흘러나오는 알 수 없는 소음까지 결혼식 광경에 한몫 거들었다.

길가의 연회석 가까이에 제리 도노반의 마차가 서 있었다. 제리는 그것을 야간마차라고 불렀지만 마차 문을 레이스와 제비꽃으로 치장한 데다 지금까지 그의 마차가 이보다 더 화려하고 깨끗한 적은 없었다. 게다가 제리의 말은 또 어떻고! 한 노부인이 말 주인에게 저지시키게 하려고 설거지하던 접시를 내팽개친 채 달려 나올 때까지 귀리를 꾸역꾸역 먹고 있었다. 설령 그 사실을 알았더라도 말 주인은 빙그레 웃었을 것이다. 그렇다, 웃기만 했을 것이다.

흥분해서 떠들고 흥청거리는 사람들 사이로 여러 해 비바람을 맞아 너덜너덜해진 제리의 높다란 모자와, 백만장자들의 혈기왕성한 말썽꾸러기 자식이나 오만한 승객한테 얻어맞아 홍당무처럼 변한 코와, 맥개리 가의 손님들로부터 찬사를 받은 구리단추가 달린 초록색 외투가 어렴풋이 보였다. 제리가 자기 마차를 불법적인 용도로 사용하여 '짐'을 옮기려고 하는 것이 분명해 보였다. 사실 "제리가 이제 밥을 얻어먹게 되었다"는 말을 들었다는 젊은 구경꾼의 진술을 인정한다면 그 짐이 무엇을 말하는지 짐작이 갔을 테니, 제리를 생계형 마차꾼에 비유할 수도 있을 것이다.

거리의 인파 속 어디에선가, 아니 드물어진 행인의 물결 밖 어디에선가 젊은 여자가 경쾌하게 걸어오더니 마차 옆에 섰다. 매처럼 날카로운 제리의 눈이 전문가답게 그 동작을 포착했다. 하지만 마차를 향해 비틀거리며 걸어가다가 하마터면 서너 명의 구경꾼과 함께 자신까지 넘어질 뻔했다. 오, 맙소사! 그는 소화전 꼭대기를 잡고 겨우 몸을 지탱했다. 돌풍이 불 때 선원이 밧줄 사다리를 기어오르듯이 제리는 겨우 마부석에 올랐다. 일단 자리에 앉자 맥개리의 술기운이 달아났다. 그는 마천루의 깃대에서 장난치는 굴뚝공처럼 가뿐하게 마부석에서 이리저리 균형을 잡았다.

"타시죠, 아가씨."

제리가 고삐를 모아 쥐며 말했다. 젊은 여자가 마차에 올라탔다. 쾅 하고 문이 닫혔다. 제리의 채찍이 허공을 갈랐다. 도랑에 서 있던 행인들이 흩어지고 멋진 마차는 시내를 가로질러 돌진하기 시작했다.

귀리로 배를 든든히 채운 말이 속력을 조금 늦추려 하자 제리가 마차 뚜껑을 약간 열고 망가진 확성기 같은 목소리로 사뭇 다정하게 굴려고 애쓰면서 소리쳤다.

"자, 어디로 모실까요?"

"아무 데나 가요."

음악 같고 만족스러운 대답이 들려왔다.

'이 마차는 아가씨가 좋아하는 곳으로 달린답니다' 하고 생각한 제리가 한 가지 코스를 제안했다.

"아가씨, 공원을 한 바퀴 도실까요? 끝내주게 아름답고 멋지답니다."

"좋으실 대로 하세요."

승객이 유쾌하게 대답했다.

5번가로 들어선 마차는 그 완벽한 거리에서 속력을 내기 시작했다. 마부석의 제리는 위로 튀어 오르고 좌우로 흔들렸다. 맥개리의 강력한 액체가 가슴을 두방망이질하더니 새로이 후끈한 김을 머리로 내뿜었다. 그는 킬리스눅의 옛 노래를 흥얼거리며 지휘봉이라도 되는 양 채찍을 휘둘렀다.

마차 안에서는 쿠션을 받치고 꼿꼿이 앉은 승객이 좌우의 집들과 불빛을 감상하고 있었다. 어두침침한 마차 안이었지만 아가씨의 눈은 황혼녘의 별처럼 빛났다.

59번가에 이르자 제리의 고개가 가볍게 들썩이면서 고삐가 늘어졌다. 하지만 말은 모퉁이를 돌아 공원 문으로 들어가더니 능숙하게 야행성의 일주를 시작했다. 승객은 느긋하게 몸을 뒤로 젖히고 황홀경에 빠져 잔디와 잎사귀와 활짝 핀 꽃들이 뿜어내는 깨끗하고 건강에 좋은 향기를 듬뿍 들이마셨다. 나무 막대 사이의 똑똑한 짐승은 자신의 직분을 아는 듯 정해진 보폭으로 오른쪽 길을

따라 걸었다.

점점 멍해지는 제리에게 습관이 성공적으로 제동을 걸었다. 제리는 폭풍우에 휘둘리는 탈것의 천장 쪽문을 들어 올리고 공원에서 다른 마부들이 하는 것처럼 물었다.

"카지노에서 마차를 세울까요, 아가씨? 쉬면서 음악도 들으시고. 모두들 그렇게 한답니다."

"그게 좋겠어요."

승객이 말했다.

그들은 카지노 출입구 앞에서 고꾸라질 듯 멈췄다. 마차 문이 열렸다. 승객은 곧장 마루로 발을 내디뎠다. 그녀는 들어서자마자 매혹적인 음악에 사로잡히고 불빛과 색깔의 향연에 아찔해졌다. 웬 남자가 34라는 숫자가 적힌 네모난 카드를 여자의 손에 쥐어 주었다. 뒤돌아보니 그녀가 타고 온 마차는 이미 20미터 떨어진 곳에 짐마차라든지 승객용 마차, 자동차가 대기하고 있는 행렬 속에 자리 잡고 있었다. 셔츠 앞면만 보이는 어떤 남자가 춤을 추며 그녀 쪽으로 다가왔다. 여자는 곧 재스민 덩굴이 타고 올라간 난간 옆 작은 테이블에 앉았다.

마치 벙어리들의 파티에 초대 받은 것 같았다. 여자는 얄팍한 지갑에 들어 있는 몇 개 안 되는 동전을 생각하며 맥주 한 잔을 주문하기 위해 허가증을 받았다. 여자는 마법에 걸린 숲 속 요정의 궁전에서 처음 보는 희한한 색깔과 낯선 모습의 인생들, 그 모든 것을 열심히 관찰하고 받아들였다.

50개의 테이블에는 저마다 세상의 보석이란 보석에 비단이란 비단은 모두 걸친 것 같은 공주와 여왕 족속들이 앉아 있었다. 그들은 이따금 호기심 어린 표정으로 제리의 승객을 쳐다보았다. 분홍색의 이름뿐인 비단 '풀라 천'으로 만든 평범한 옷을 입은, 여왕들이 질투할 정도로 사는 게 즐거워서 못 견디겠다는 표정을 짓고 있는 평범한 얼굴의, 평범한 여자를 힐끗거렸다.

시계의 긴 바늘이 두 바퀴 돌고 나자 왕족은 속속 프레스코화가 그려진 왕좌에서 내려와 왕실의 탈것을 타고 총총히 사라졌다. 음악도 나무 상자와 가죽 가방, 올이 거친 나사 헝겊 속으로 되돌아갔다. 웨이터들은 노골적으로 혼자 남아 있다시피 한 평범한 여자 주변의 식탁보를 걷어냈다.

제리의 승객이 자리에서 일어나 숫자 카드를 불쑥 내밀었다.

"이 티켓이 있는데 뭐라도 줘야 하는 거 아닌가요?"

여자가 물었다. 웨이터는 여자에게 그것은 마차 확인증으로 출입구의 남자에게 내는 거라고 말해 주었다. 출입구의 남자는 카드를 받아들자 큰 소리로 숫자를 외쳤다. 마차는 이제 겨우 석 대만이 남아 있었다. 마부 한 명이 마차에서 잠들어 있는 제리를 깨우러 갔다. 제리는 뭐라고 욕설을 퍼붓더니 선장의 발판을 딛고 자리에 올라 함대를 부두 쪽으로 돌렸다. 승객을 태운 마차는 최단의 지름길로 다시 공원의 서늘한 성채를 향해 달렸다.

공원 문을 나서려는 순간 제리의 흐릿한 정신이 맑아지기 시작하면서 어렴풋이 의심이 일었다. 한두 가지 기억이 떠올랐다. 제리는 말을 멈추고 천장의 쪽문을 들어 올린 다음 함석판 긁어 대는 목소리로 물었다.

"더 가려면 4달러를 더 내셔야 합니다. 차비는 있으시죠?"

"4달러라고요!"

승객이 가볍게 웃어넘겼다.

"오, 이런, 내겐 몇 페니에 10, 20센트밖에 없는데요."

제리는 쪽문을 닫고서 귀리를 잔뜩 먹은 말에게 채찍을 휘둘렀다. 말발굽의 달가닥거리는 소리도 그의 욕설을 감출 수 없었다. 그는 별이 반짝이는 하늘에 대고 푸념을 하고 악담을 퍼부었다. 지나가는 마차들을 향해 채찍을 휘두르며 화풀이를 하기도 했다. 거리를 달리는 동안 쉬지 않고 내내 이러저러한 맹세와 저주를 내뱉자 집으로 가던 트럭 운전수가 그 소리를 듣고 황당한 표정을 지었다. 하지만 제리는 최후의 수단을 알고 있었다. 그래서 그곳을 향해 속력을 냈다.

제리는 초록색 전등이 달린 그 집 계단 옆에 마차를 세웠다. 그는 마차 문 쪽으로 몸을 날려 비틀거리며 바닥으로 뛰어내렸다.

"다 왔습니다."

그가 퉁명스럽게 말했다.

승객은 수수한 얼굴에 여전히 카지노에서처럼 꿈꾸는 듯한 미소를 지으며 내렸다. 제리는 그녀의 팔을 잡고 경찰서 안으로 끌고 들어갔다. 회색 수염의 경사가 책상 저편에서 날카롭게 바라보았다. 그와 마부는 처음 보는 사이가 아니었다.

"경사님."

제리가 예의 시끌벅적한 목소리로 억울하다는 듯 불평을 늘어놓기 시작했다.

"제가 손님을 여기까지 모시고 온 건……."

돌연 제리가 입을 다물었다. 그는 마디가 굵은 붉은 손으로 이마를 훔쳤다. 맥개리의 술 때문에 끼었던 안개가 깨끗이 가시기 시작했던 것이다.

"저, 경사님."

제리가 씩 웃더니 말을 계속했다.

"소개 드리고 싶은 손님이 있습니다요. 오늘 저녁 결혼한 웨일즈 노인의 따님이십죠. 제 마누라입니다. 지금까지 고생 고생했는데 이제야 꿈이 이루어졌습죠. 노라, 경사님께 인사 드려요. 그러고 나서 우리 집으로 갑시다."

마차에 타기 전에 노라는 깊은 한숨을 내쉬었다.

"정말 즐거웠어요, 제리."

그녀가 말했다.

The Last Leaf

크리스마스 선물

1달러 87센트. 그게 전부였다. 게다가 그중에 60센트는 1센트짜리 동전이었다. 이 동전들은 식료품 가게나 채소 가게, 푸줏간에서 억지로 물건 값을 깎아 한 푼 두 푼 모은 것이었다. 이렇게 물건 값을 가지고 실랑이를 벌이다 보면, 이 여자 정말 구두쇠로군, 하는 듯한 표정을 짓는 가게 주인의 말없는 비난에 얼굴이 붉어지기 일쑤였다. 델라는 그 돈을 세 번이나 세어 보았다. 아무리 세어도 1달러 87센트였다. 그리고 내일은 크리스마스였다.

조그만 낡은 의자에 털썩 주저앉아 엉엉 소리 내어 우는 것밖에 별 도리가 없었기 때문에 델라는 그렇게 했다. 그러면서 인생은 흐느낌과 훌쩍거림과 미소 짓는 일의 연속인데, 그중에 훌쩍거릴 일이 가장 많다는 어느 도덕적인 명언을 떠올렸다.

이 집의 여주인이 첫 단계에서 다음 단계로, 그러니까 흐느끼다가 훌쩍거림으로 서서히 진정되어 가는 동안 잠깐 이 집 안을 살

퍼보기로 하자. 가구가 딸려 있는 일주일 집세 8달러짜리 아파트다. 아니 그건 그리 정확한 표현이 못 되고 한마디로 떠돌이 비렁뱅이를 단속하는 경찰을 조심해야 할 정도인 것만은 틀림없다.

아래층 현관에는 아무리 봐도 편지가 들어갈 것 같지 않은 우편함과 어떤 손가락이 눌러도 울리지 않을 것 같은 초인종이 달려 있었다. 그리고 '제임스 딜링검 영'이라는 이름이 박힌 명패도 붙어 있었다.

'딜링검'이라고 적힌 명패는 그 주인이 주급 30달러를 받던 호황기에는 산들바람에도 펄럭거렸다. 하지만 수입이 20달러로 줄어든 지금에 와서는 겸손하고 눈에 띄지 않게 D라는 글자 하나로 줄여서 쓰면 어떨까 진지하게 생각이라도 하는 듯 흐릿해 보였다. 하지만 남편 제임스 딜링검 영은 귀가해서 이층 셋방으로 올라올 때면 언제나 "짐" 하고 부르는 소리와 함께 이미 독자들에게 델라라는 이름으로 소개한 제임스 딜링검 영 여사의 뜨거운 포옹을 받았다. 정말 흐뭇한 모습이었다.

델라는 울음을 그치고 뺨에 분을 발랐다. 그런 다음 창가에 서서 뒷마당의 잿빛 울타리 위를 걸어 다니는 잿빛 고양이를 물끄러미 바라보았다. 내일은 크리스마스인데 남편에게 줄 선물을 살 돈은 달랑 1달러 87센트뿐이었다. 한 푼 두 푼 몇 달을 모았지만 이것뿐이다. 일주일에 20달러로는 어쩔 수 없었다. 지출은 항상 예상했던 것보다 훨씬 많았다. 으레 그런 법이다. 남편 선물을 살 돈은 겨우 1달러 87센트. 얼마나 소중한 남편인데. 그녀는 남편에게 뭔가 멋진 선물을 하기 위해 계획을 세우면서 행복한 시간을 보냈다. 뭔가 훌륭하고 진귀하고 믿을 만한 것, 조금이라도 더 남편이 지닐 만한 가치가 있는 것이라야 했다.

방의 창문과 창문 사이의 벽에는 거울이 걸려 있었다. 집세 8달러짜리 아파트에서 흔히 볼 수 있는 그런 거울이었다. 몹시 야위고 날렵한 사람이라면 세로로 길쭉한 거울에 재빨리 연속해서 비춰 보면 비교적 정확하게 자신의 모습을 볼 수 있을 것이다. 날씬한 델라에게 그런 기술쯤은 식은 죽 먹기였다.

갑자기 그녀가 창문에서 몸을 홱 돌려 거울 앞에 섰다. 눈은 초롱초롱 빛났지만 얼굴은 20초도 안 되어 핏기가 가셨다. 그녀는 얼른 머리를 풀어헤쳐 길게 내려뜨렸다.

제임스 딜링검 영 부부에게는 무척 자랑스러이 여기는 보물이 두 개 있었다. 하나는 짐의 할아버지와 아버지에게서 대를 이어 물려받은 금시계였다. 다른 하나는 델라의 머리카락이었다. 만일 시바의 여왕이 환기 통로 맞은편 아파트에 살고 있다면 델라는 여왕 폐하의 보석이나 선물 따위는 아무것도 아니라고 비웃어 주듯 머리카락을 보란 듯이 창밖으로 늘어뜨린 채 말렸을 것이다. 또 짐은 아파트의 경비가 지하실에 금은보화를 쌓아 둔 솔로몬 왕이

었다면 지나칠 때마다 시계를 자랑스럽게 꺼내 보이며 질투심 많은 상대가 자기 수염을 잡아 뽑는 모습을 즐겼으리라.

델라는 지금 작은 폭포처럼 반짝거리며 물결치는 아름다운 갈색 머리카락을 드리우고 있었다. 무릎까지 내려온 머리카락이 마치 긴 옷 같았다. 이윽고 그녀는 다시 신경질적으로 재빨리 머리를 틀어 올렸다. 그러고 나서 잠깐 망설이며 서 있더니 붉은색의 낡은 카펫 위로 한 방울 두 방울 눈물을 떨구었다.

잠시 후 델라는 낡은 갈색 윗옷을 꺼내 입고 낡은 갈색 모자를 썼다. 그런 다음 눈에 아직 반짝거리는 눈물이 그렁그렁한 채로 치맛자락을 펄럭이며 문밖으로 뛰쳐나가 층계를 내려갔다.

그녀는 '마담 소프로니, 머리 장식품 전문점'이라고 써 붙인 가게 앞에서 걸음을 멈추었다. 델라는 한걸음에 가게로 뛰어 들어가 헐떡이는 숨을 진정시켰다. 몸집이 크고 피부가 지나치게 하얀 여주인은 '소프로니'라는 이름과 어울리지 않게 쌀쌀맞아 보였다.

"제 머리카락을 사시겠어요?"

델라가 물었다.

"좋아요. 모자를 벗고 머리카락을 보여 줘요."

갈색 폭포수가 물결치며 떨어졌다.

"20달러 드리죠."

여주인은 능숙한 솜씨로 머리카락을 걷어 올리며 말했다.

"빨리 돈을 주세요."

델라가 말했다.

아아, 그 뒤의 두 시간은 장밋빛 날개를 타고 가볍게 흘러갔다. 이런 어설픈 엉터리 비유는 잊어 주기 바란다. 어쨌든 그녀는 남편에게 줄 선물을 사기 위해 가게들을 샅샅이 훑고 다녔다.

그리고 마침내 찾아냈다. 그것은 분명 다른 누구도 아닌 존을 위해 만들어진 물건이었다. 어떤 가게에도 그만한 물건은 없었다. 가게란 가게는 호주머니 뒤집어 보듯 훑어보았던 것이다. 그것은 바로 백금으로 된 시곗줄이었는데, 훌륭한 물건이라면 으레 그렇듯 조잡한 장식이 아닌 품질만으로도 그 가치를 말해 주었고, 디자인은 단순하면서도 고상했다. 게다가 시계만큼 값어치가 나갔다. 델라는 그 물건을 보는 순간 남편이야말로 시곗줄의 주인이 되어야 한다고 생각했다. 시곗줄은 남편과 비슷했다. 차분하면서도 기품 있는 모습, 그것은 그 둘에게 모두 해당되는 표현이었다. 델라는 21달러를 지불하고, 나머지 87센트를 가지고 서둘러 집으로 돌아왔다. 그 시계에 이 시곗줄을 달게 되면 짐은 아마 사람들 앞에서 당당하게 시간 걱정을 할 것이다. 시계는 나무랄 데 없었지만 시곗줄 대신 사용하는 낡은 가죽 끈 때문에 남편은 남모르게 시계를 훔쳐보는 일이 많았던 것이다.

델라는 집으로 돌아오자 흥분이 가시고 분별과 이성을 약간 되찾았다. 그녀는 머리카락 지지는 인두를 꺼내고 화로에 불을 붙인 다음, 남편에 대한 사랑과 뭔가 해 주고 싶은 마음 때문에 엉망이 되어 버린 머리를 손질하기 시작했다. 그 일은 언제나 수고스럽고, 정말이지 엄청난 작업이다.

40분도 안 걸려 델라의 머리는 동글동글하게 말린 고수머리로 뒤덮여서 놀랍게도 학교를 무단결석한 말썽꾸러기 악동처럼 보였다. 그녀는 거울에 비친 자신의 모습을 오래도록 자세히 들여다보았다.

"만약 그이가 첫눈에 나를 보고 죽이지 않는다면 아마 코니아일랜드+의 합창단 같다고 할 거야. 하지만 난 어쩔 수 없었어. 아아! 1달러 87센트를 가지고 무얼 어쩌란 말야?"

7시쯤, 커피를 끓이고 화로 위에서 뜨겁게 달군 프라이팬에 다진 고기 요리를 만들 채비를 마쳤다.

짐은 좀처럼 늦는 법이 없었다. 델라는 시곗줄을 반으로 접어 손에 쥔 다음 남편이 항상 들어오는 문 옆 귀퉁이의 의자에 앉아 있었다. 이윽고 층계의 첫 계단을 밟는 소리가 들려오자 잠깐 동안 그녀의 낯빛이 하얗게 되었다. 델라는 매일 아주 사소한 일에도 짧게 기도를 드리는 버릇이 있는데, 바로 그때 '오, 하느님, 그

✛ 코니아일랜드 : 뉴욕 서남단에 있는 놀이공원.

이가 저를 여전히 예쁘다고 생각하게 해 주세요'라고 기도했다.

　문이 열리고 짐이 들어오고 나서 문이 닫혔다. 그의 야윈 얼굴에 비장한 표정이 서려 있었다. 불쌍한 남자, 가장의 짐을 짊어지기에 스물두 살이라는 나이는 너무 어렸다. 그에게는 새 외투가 필요했고, 장갑도 없었다.

　짐은 문 안으로 들어서자마자 메추라기 냄새를 맡은 사냥개처럼 움직이지 못했다. 그의 시선은 델라에게서 떨어질 줄 몰랐고, 그 눈에는 델라가 해석하기 어려운 표정이 담겨 있어서 두려울 지경이었다. 그것은 분노도 놀라움도 비난도 공포도, 그녀가 예상했던 그 어떤 감정도 아니었다. 그는 다만 묘한 표정으로 멍하니 아내의 얼굴을 응시했을 뿐이다.

　델라가 탁자에서 남편에게로 다가갔다.

　"여보, 짐."

　그녀가 외쳤다.

　"그런 눈으로 보지 말아요. 당신에게 선물도 주지 않고 크리스마스를 보낼 순 없어서 머리를 잘라서 팔았어요. 머리는 다시 자랄 거예요, 내 머리 괜찮죠? 그럴 수밖에 없었어요. 내 머리카락은 무척 잘 자라요. 여보, 메리 크리스마스! 우리 즐겁게 보내요. 내가 당신에게 주려고 산 선물이 얼마나 아름답고 멋있는지 모를 거예요."

"머리를 잘랐다고?"

짐은 아무리 생각해도 그토록 명백한 사실이 아직 받아들여지지 않는 듯 어렵게 물었다.

"머리를 잘라서 팔았어요. 어쨌든 당신은 여전히 날 좋아하는 거죠? 머리카락이 없어도 나는 나예요, 그렇죠?"

짐은 이상하다는 듯이 방 안을 둘러보았다.

"당신의 머리카락은 이제 없다는 말이지?"

그는 거의 바보 같은 표정으로 물었다.

"그렇게 찾아도 소용없어요."

델라가 말했다.

"팔아 버렸으니까. 팔아서 이젠 없어요. 오늘은 크리스마스이 브예요. 나에게 다정하게 대해 줘요. 당신을 위해서 없앤 거니까. 아마 내 머리카락은 셀 수 있어도……."

델라가 진지하면서도 사랑스럽게 말을 이었다.

"당신에 대한 내 사랑은 누구도 셀 수 없을 거예요. 고기를 불에 올려놓을까요?"

짐은 문득 최면 상태에서 깨어난 것 같았다. 그가 델라를 덥석 껴안았다. 우리, 한 10초 동안 다른 방향에서 몇 가지 사소한 문제에 대해 신중히 생각해 보자. 일주일에 8달러와 일 년에 백만 달러, 이 둘 사이에 무슨 차이가 있을까? 수학자나 현자에게 물어보아도 옳은 대답은 얻지 못할 것이다. 동방의 세 현자는 귀중한 선물을 가져왔지만 그 선물 중에 대답은 없었다. 이 모호한 말의 뜻은 나중에 또렷이 알게 된다.

짐은 외투 주머니에서 조그만 꾸러미를 꺼내 탁자 위에 놓았다.

"나에 대해 오해하지는 마, 델라. 머리를 자르거나 면도를 하거나 머리를 감는다고 당신에 대한 사랑이 조금이라도 줄어드는 건 아니야. 하지만 이걸 풀어 봐, 그러면 왜 내가 처음에 잠깐 동안 멍해 있었는지 알게 될 테니까."

하얀 손가락이 재빨리 끈을 풀고 포장지를 헤쳤다. 이어서 터져 나온 황홀한 기쁨의 탄성, 그리고 아아! 그것은 금세 신경질적인 눈물과 한탄으로 바뀌었고 이 방의 주인은 재빨리 모든 힘을 다해 그녀를 달래 주어야 했다.

거기에 놓여 있는 것은 머리빗이었다. 델라가 브로드웨이 상점의 진열장에서 오래도록 동경했던, 옆머리와 뒷머리에 꽂을 수 있는 빗 세트였다. 가장자리에 보석을 박은 그 빗은 지금은 사라져 버린 아름다운 머리카락에 어울리는 색깔에 진짜 거북의 등 껍데기로 만든 것이었다. 꽤 비싸다는 것을 알고 있었기에 그녀는 한 번도 그것을 갖게 될 거라고는 꿈도 꾸지 못했고, 그저 마음으로만 열망했다. 어쨌든 소원했던 그 빗은 지금 그녀의 것이 되었지만 장식할 머리카락이 없었다.

하지만 델라는 빗을 가슴에 꼭 품었다. 그리고 마침내 눈물이 글썽한 눈을 들어 웃으며 말했다.

"내 머리카락은 아주 빨리 자라요, 짐!"

이윽고 델라는 불에 덴 새끼 고양이처럼 팔짝 뛰며 소리쳤다.

"참, 참!"

아직 자신의 아름다운 선물을 짐에게 보여 주지 않았던 것이다. 그녀는 남편을 향해 팔을 뻗고 손바닥을 펼쳤다. 은은한 빛의 금속이 그녀의 밝고 열렬한 마음을 보여 주듯 번쩍하고 빛나는 것 같았다.

"멋있죠, 짐? 이걸 사려고 시내를 온통 쏘다녔어요. 앞으로는 하루에 백 번도 더 시간을 봐야 할걸요. 당신 시계를 이리 줘요. 얼마나 잘 어울리는지 보고 싶어요."

하지만 짐은 소파에 털썩 주저앉더니 두 손을 머리 뒤로 가져가 받치고는 웃기만 했다.

"델라, 우리의 크리스마스 선물은 당분간 그냥 보관해 두자구. 지금 당장 사용하기에는 너무도 값진 거라서 말야. 실은 당신 머리빗을 사는 데 돈이 필요해서 시계를 팔았어. 자, 이제 고기를 불에 올려놓지 그래?"

여러분도 아시다시피 동방의 현자들은 말구유의 아기에게 선물을 가져다준 아주 현명한 사람들이었다. 그들은 크리스마스에 선물하는 법을 고안해 냈다. 현명한 사람들이었으므로 그 선물도 틀림없이 현명한 선물이고, 중복될 경우에는 바꿀 수 있는 특권도 있었을 것이다. 나는 지금까지 자신들의 가장 소중한 보물을 서로를 위해 가장 어이없이 희생시킨 두 어리석은 젊은이의 평범한 이야기를 서툴게 들려주었다. 하지만 마지막으로 요즘의 선물을 주는 사람들 중에, 혹은 선물을 주고받는 사람들 중에 이 두 사람이 가장 현명한 사람들이라는 말을 하고 싶다. 둘은 어디에 가도 가장 현명한 사람들이다. 그들이 현자다.

The Last Leaf

경찰관과 찬송가

소우피는 매디슨 스퀘어 광장 벤치에 앉아 초조하게 몸을 들썩였다. 기러기가 밤하늘을 날아가며 울고, 물개 모피를 사 입지 못한 여자들이 자기 남편에게 상냥해지고, 소우피가 공원의 전용 벤치에서 불안하게 몸을 뒤척일 때면 누구나 겨울이 멀지 않았다는 것을 알 수 있었다.

소우피의 무릎 위로 마른 잎 하나가 떨어졌다. 잭 프로스트⁺의 명함이었다. 잭은 자상하게도 매디슨 광장의 단골손님들에게 올해도 어김없이 그때가 찾아올 거라고 일러주고 있었다. 네거리 모퉁이에 서서 '야외 저택'의 주민들이 겨울 준비를 할 수 있도록 문지기인 북풍에게 자기 명함을 내밀고 있는 것이다.

소우피는 혹독한 추위를 피하기 위해선 '생계대책위원회'에라

✤ **잭 프로스트**(Jack Frost) : '서리'를 의인화한 말. 동장군을 뜻함.

도 가입해야 할 때가 왔다는 것을 느끼고 있었다. 그래서 벤치에서 몸을 불안스레 움직였던 것이다.

소우피의 겨우살이 계획은 그리 거창한 게 아니었다. 크루즈로 지중해를 여행한다거나 베수비오 만에 떠 있는 나른한 남쪽 하늘을 꿈꾸는 것도 아니었다. 그저 섬에서 3개월을 지내는 것이 그의 영혼이 갈망하는 일이었다. 보레아스✢와 경찰관의 손에서 벗어나 잠자리와 먹을 것 걱정 없이 마음에 맞는 친구와 석 달을 보낼 수 있다면 소우피로서는 더 바랄 게 없었다.

손님을 극진히 대하는 블랙웰은 몇 년째 소우피의 겨울 숙소였다. 좀 더 운이 좋은 뉴요커들은 겨울이면 팜비치나 리베라 행 기차표를 샀지만 소우피는 초라하게도 해마다 그 섬으로 떠나기 위해 온갖 방법을 동원해야 했다. 그리고 지금이 바로 그때였다. 간밤에 유서 깊은 공원 분수대 근처 벤치에서 잠을 청하며 외투 아래와 발목, 그리고 무릎에 각각 일요신문 세 장을 덮었는데 그것으로는 추위를 물리칠 수 없었다. 그래서 소우피의 마음은 온통 그 섬에 대한 생각뿐이었다. 그는 이 도시의 떠돌이들에게 자선의 이름으로 주어지는 보급품 따위에는 코웃음을 쳤다. 자선보다는 법이 차라리 더 인자하다는 게 그의 생각이었다. 시나 자선 단체에

✢ 보레아스 : 북풍의 신.

서 운영하는 시설은 얼마든지 있고, 그곳에 찾아가면 언제든 간소한 잠자리와 음식을 제공 받을 수 있었다. 하지만 소우피는 자선의 선물을 받는 것이 자존심도 상하고 부담스러웠다. 돈이 아니더라도 자선의 이름으로 받은 모든 혜택에 대해서는 정신적인 굴욕감이라는 대가를 치러야 하기 때문이다. 시저에게 브루투스가 있었듯이 자선의 침대에 몸을 눕히려면 목욕이라는 요금을 내야 했고 빵 한 덩이를 얻어먹으려면 은밀하고 사사로운 신문에 응해야 했다. 그래서 비록 행동은 구속당하더라도 신사의 사사로운 일에 지나치게 간섭하지 않는 법의 신세를 지는 편이 나았던 것이다.

섬으로 가기로 결심한 소우피는 자신의 소망을 실현시킬 준비를 했다. 방법은 여러 가지였고 어렵지 않았다. 가장 유쾌한 방법은 최고급 레스토랑에 가서 우아하게 저녁 식사를 한 다음 돈이 없다고 털어놓은 후에 조용히, 아무런 소동 없이 경찰관에게 넘겨지는 것이다. 그러면 나머지는 친절한 판사가 알아서 해 줄 것이다.

벤치에서 일어난 소우피는 어슬렁어슬렁 광장을 빠져나와 편평한 아스팔트의 바다를 건넜다. 그곳은 브로드웨이와 5번가가 만나는 곳이었다. 그는 브로드웨이 쪽으로 방향을 바꿔 으리으리한 레스토랑 앞에서 걸음을 멈췄다. 밤이면 밤마다 최고급 포도주와 최고급 비단옷이 몰려드는 곳이었다.

소우피는 조끼의 맨 아래 단추 위로는 자신이 있었다. 수염도

깎았고 외투도 그런대로 괜찮았고 목에는 추수감사절에 어떤 여자 전도사에게서 선물로 받은, 따로 맬 필요가 없는 검정색 매듭 넥타이를 매고 있었다. 만일 레스토랑에서 자리만 잡을 수 있다면 성공은 따 놓은 당상이었다. 식탁 위로 보이는 그의 모습은 웨이터의 마음에 일말의 의심도 불러일으키지 않을 것이다. 잘 구워진 오리구이에다 샤블리 한 병, 까망베르 치즈, 드미타스 커피 한 잔, 시가 한 대 정도면 되겠군, 하고 소우피는 생각했다. 시가는 1달러면 충분할 것이다. 모두 합쳐도 레스토랑 주인에게 어떤 엄청난 앙갚음을 당할 만큼 대단한 액수는 아니다. 게다가 고기로 배를 든든히 채운 다음 행복하게 겨울 피난처로 떠나는 것이다.

그러나 소우피가 레스토랑 문가에 발을 들여놓았을 때 수석 웨이터의 시선이 그의 해진 바지와 다 떨어진 신발에 꽂혔다. 웨이터의 우악스럽고 날랜 손이 소우피를 말없이 돌려세우더니 재빨리 보도로 밀어냈고, 덕분에 오리는 공짜로 먹힐 뻔했던 불명예스런 운명을 가까스로 피했다.

소우피는 하는 수 없이 브로드웨이를 돌아 나왔다. 동경하는 섬으로 가는 길은 맛있는 음식을 먹으면서 가는 길이 아닌 것 같았다. 이제 교도소에 들어갈 다른 방법을 찾아야 했다.

6번가 모퉁이에는 전등을 휘황찬란하게 밝히고 상품을 솜씨 좋게 진열해 놓은 가게가 있었다. 소우피는 돌멩이 한 개를 집어 들어 그 진열장을 향해 던졌다. 어디선가 사람들이 경찰관을 앞세우고 모퉁이를 돌아 달려왔다. 하지만 소우피는 주머니에 손을 찌른 채 그 자리에 그대로 서서 경찰관을 보고 히죽거렸다.

"저런 짓을 한 놈이 어디로 달아난 거지?"

흥분한 경찰이 물었다.

"내가 바로 그놈입니다."

소우피는 약간 빈정거리는 듯하면서도 행운을 맞은 사람답게 정중히 대답했다.

하지만 경찰관은 소피의 말 따위는 어떤 단서로도 받아들이려 하지 않았다. 창문을 깬 사람은 법의 수호자와 협상하기 위해 현장에 남아 있는 법이 아니니까. 그런 인간이라면 벌써 도망치고도 남았을 터였다. 경찰관은 저 아래쪽에서 차를 잡으러 뛰어가는 웬 남자를 발견했다. 그러더니 경찰봉을 뽑아 들고 사람들과 함께 뒤쫓아 갔다. 두 번이나 실패하게 되어 맥이 빠진 소우피는 울적한 기분으로 터덜터덜 걸었다.

길 맞은편에 그리 대단하거나 화려해 보이지 않는 음식점이 보였다. 식욕은 왕성하지만 주머니 사정은 넉넉지 않은 사람들을 상대로 하는 음식점이었다. 그릇이라든지 분위기는 화려했지만 수프와 식탁보는 어쩐지 빈약해 보였다. 소우피는 신발과 바지 때문에 비난 받거나 시비당할 걱정 없이 음식점으로 들어갔다. 그리고 식탁에 앉아 비프스테이크와 핫케이크, 도넛 그리고 파이를 먹었다. 식사를 마친 뒤 그는 웨이터에게 돈과 전혀 인연이 없는 자신의 처지를 털어놓았다.

"자, 어서 경찰을 부르시오. 신사를 기다리게 하면 되겠소?"

소우피가 말했다.

"너 같은 놈에겐 경찰도 필요 없어."

웨이터는 맨해튼 칵테일 안에 든 체리 같은 눈으로 노려보고는 버터케이크처럼 뻑뻑한 목소리로 외쳤다.

"이봐, 콘!"

두 명의 웨이터가 소우피를 왼쪽 귀가 단단한 포장도로 위에 부딪히도록 내동댕이쳤다. 소우피는 목수가 접자를 펼치듯 관절을 하나하나 펴면서 겨우 일어나 옷에 묻은 흙을 털어 냈다. 그에게는 이제 체포당하는 일이 장밋빛 꿈처럼 느껴졌다. 섬은 아득히 먼 곳에 있는 것 같았다. 두 집 건너 약국 앞에 서 있던 경찰관이 그 모습을 보고 히죽거리며 거리로 내려갔다.

다섯 블록쯤 걸어갔을 무렵 소우피는 다시 용기를 냈다. 이번에야말로 자신이 '식은 죽 먹기'라고 장담하던 그런 기회였다. 말쑥하게 차려입은 젊은 여자가 진열장 앞에 서서 활기차고 호기심 어린 표정으로 면도용 컵이라든지 잉크스탠드 따위를 들여다보고 있었고, 거기에서 약 2미터쯤 떨어진 소화전 옆에 덩치가 크고 근

엄해 보이는 경찰관이 몸을 기대고 서 있었던 것이다.

비열하고 형편없는 난봉꾼 역할을 해보자는 것이 소우피의 계획이었다. 세련되고 우아한 모습의 희생자 가까이에 있는 성실한 경찰관을 보면서 그는 이제 곧 경찰관이 자신의 두 팔을 우악스럽게 움켜쥐는 짜릿함을 맛보고, 그러면 그토록 가고 싶은데도 가기 힘들었던 섬에서 겨울을 나게 될 거라는 믿음이 생겼다.

여자 전도사에게서 받은 매듭 넥타이를 매만진 소우피는 주글주글한 옷소매는 반듯하게 펴고 모자는 멋을 부려 삐딱하게 쓴 다음 젊은 여자 곁으로 다가갔다. 그는 여자를 쳐다보면서 헛기침도 하고 '흠흠' 소리도 내 보고 싱글거리다가 능글맞게 웃기도 하면서 '난봉꾼' 특유의 뻔뻔하고 비열한 수작을 배짱 좋게 해냈다. 그러면서도 틈틈이 자신을 주시하고 있는 경찰관을 곁눈질로 살폈다. 젊은 여자는 옆으로 두어 발짝 물러서더니 다시 면도용 컵을 정신없이 쳐다보았다. 대담하게 여자 옆에 붙어 선 소우피가 모자를 벗고 말했다.

"거기 버델리아 아냐! 우리 집에 가서 놀지 않겠어?"

경찰관은 여전히 이쪽을 바라보고 있었다. 이제 여자가 손가락 하나만 까딱하여 경찰을 부르면 그는 정말로 섬의 안식처로 가게 되리라. 그런데 소우피를 바라보던 여자가 한 손을 뻗어 그의 외투 소매를 잡았다.

"좋아, 마이크. 맥주나 한 조끼 사 준다면. 나도 진작부터 말을 걸고 싶었지만 경찰이 보고 있어서 말이야."

그녀가 명랑하게 말했다.

울적해진 소우피는 떡갈나무에 달라붙은 담쟁이 같은 젊은 여자를 데리고 경찰관 옆을 지나갔다. 자신은 아무래도 체포되지 않을 운명 같았다.

다음 모퉁이에서 그는 간신히 동행을 따돌리고 줄행랑을 쳤다. 그렇게 얼마쯤 걷다가, 밤이 되면 연인들의 사랑의 맹세와 가극으로 흥청거리는 어떤 화려한 번화가에서 걸음을 멈췄다.

모피를 걸친 여자들과 고급 외투를 입은 남자들이 겨울 공기 속을 즐거운 듯 오가고 있었다. 소우피는 문득 자신이 지독한 마법에라도 걸려 체포되지 못하는 게 아닌가 하고 두려워졌다. 그런 생각을 하자 덜컥 겁이 났다. 이윽고 화려한 극장 앞에서 당당하게 순찰을 돌고 있던 경찰관을 발견한 순간 소우피는 지푸라기라도 잡는 심정으로 '공무 방해 행위'라는 묘안을 생각해 냈다.

소우피는 길거리에서 별안간 술주정뱅이처럼 쉰 목소리로 소리를 지르기 시작했다. 그뿐 아니라 춤도 추고 악도 쓰고 고함지르고, 그 밖의 온갖 방법으로 주위를 시끄럽게 했다.

그때 경찰관이 경찰봉을 빙빙 돌리며 소우피에게 등을 돌리고 한 시민에게 말했다.

"예일 대학 학생들이 하트포드 대학에게 완승을 거두고 지금 축하 행사를 벌이는데 그중 한 명인가 봅니다. 시끄럽기는 해도 위험하지는 않습니다. 우리도 그냥 내버려두라는 지시를 받은 걸요."

낙담한 소우피는 쓸데없는 짓을 그만두기로 했다.

'경찰관은 절대로 나를 체포해 주지 않는단 말인가?'

이제 그에게 섬은 도달할 수 없는 이상향처럼 느껴졌다. 찬 겨울바람 속에서 그는 얇은 외투의 단추를 채웠다.

그때 잘 차려입은 남자 하나가 담배 가게에서 흔들리는 불에 담뱃불을 붙이고 있는 모습이 보였다. 남자는 가게에 들어가면서 문가에 비단 우산을 세워 놓은 터였다. 소우피는 가게 안으로 들어가 우산을 훔쳐 유유히 걸어 나왔다. 그러자 담배에 불을 붙이던 남자가 황급히 따라 나왔다.

"이봐요. 그건 내 우산이오."

그가 단호하게 말했다.

"오, 그래요? 그럼 경찰을 부르시죠. 그래요, 내가 훔쳤소. 당신 우산을! 빨리 경찰을 불러요. 저기 모퉁이에 한 명이 서 있던데."

소우피는 가벼운 절도죄에 모욕죄까지 보태면서 빈정거렸다.

우산 주인이 걸음을 늦췄다. 소우피도 또다시 행운이 달아날 것 같은 불길한 예감에 걸음을 멈췄다. 경찰관이 이상하다는 듯 두 사람을 쳐다보았다.

"물론. 그렇습니다. 음…… 아시다시피 이런 실수는 흔히 있는 일이지요. 난, 이게 만일 선생 우산이라면, 용서해 주십시오. 실은 나도 오늘 아침 어떤 식당에서 주웠던 것인데…… 이게 선생의 우산이라면, 그러니까, 부탁인데 부디……."

우산 주인이 말했다.

"물론 내 우산이오."

소우피가 퉁명스럽게 내뱉었다.

이렇게 해서 우산의 주인은 물러났다. 경찰관도 전차가 다가오는데 두 블록 떨어진 곳에서 건널목을 건너려는 야회복 차림의 키 큰 금발 여자를 도와주려고 서둘러 달려갔다.

소우피는 도로 공사 때문에 마구 헤집어 놓은 도로를 건너 동쪽으로 걸어갔다. 그는 홧김에 우산을 구덩이에 내던졌다. 그러고는 경찰봉을 들고 있는 헬멧을 쓴 남자들을 향해 투덜거렸다. 소우피가 경찰에 붙잡혀도 상관없다는 듯이 행동했기 때문에 오히려 그들에게는 소우피가 무슨 짓을 해도 괜찮은 왕처럼 보였다.

마침내 소우피는 불빛도 소음도 잦아든 동쪽의 한 거리에 도착했다. 그는 매디슨 광장 쪽으로 고개를 돌렸다. 설령 공원 벤치가 집일지언정 귀소 본능은 남아 있었던 것이다.

하지만 여느 때와 달리 소우피는 조용한 모퉁이에서 걸음을 멈췄다. 그곳에는 박공이 있고 무질서하게 덧지어진 독특하고 아름다운 교회가 있었다. 보라색 색유리창으로 부드러운 불빛이 새어 나오는 교회 안에는 오르간 주자가 다가오는 일요일의 찬송가를 연습하기 위해 건반을 눌러 대고 있는 게 틀림없었다. 그 달콤한 음악 소리를 듣느라 소우피는 구불구불한 철제 울타리 앞에서 꼼짝하지 않았다.

달은 하늘에서 고요하게 빛나고 오가는 마차나 행인들도 거의 없었다. 참새들은 처마 밑에서 졸린 듯 짹짹거렸다. 그 순간의 풍경은 마치 시골 교회의 안을 보는 것 같았다. 어느새 소우피는 오르간 주자가 연주하는 찬송가에 이끌려 철제 울타리에 바싹 달라붙어 있었다. 그의 삶이 온통 어머니와 장미꽃, 야망, 친구들, 때 묻지 않은 생각과 옷차림 같은 것들로 채워지던 시절에 잘 알고 있던 노래였다.

무엇이든 순순히 받아들일 상태에 있던 소우피의 영혼에는 오래된 교회에 감화를 받아 갑자기 놀라운 변화가 일어났다. 그는 순간 자신이 처해 있는 깊은 나락과 자신의 삶을 이어가고 있는 타락한 나날들, 쓸데없는 욕망, 죽어 버린 희망과 못쓰게 된 재능, 비열한 동기 같은 것들을 두려운 마음으로 돌이켜 보았다.

그러자 또 한순간 그의 마음은 이 새로운 기분에 격렬하게 반응했다. 그는 절망적인 운명과 싸워 보겠다는 즉흥적이고도 강한 충동에 휩싸였다. 나를 진흙탕에서 끄집어내리라. 다시 한 번 참된

인간이 되어, 나를 움켜쥐고 있는 악마와 싸울 테다. 시간은 얼마든지 있다. 나는 아직도 젊다. 지난날의 뜨거운 야망을 되살려 주춤거리지 않고 이루리라. 엄숙하고도 달콤한 오르간의 곡조가 그의 마음에 이런 혁명을 불러일으켰다. 내일은 번화한 시내로 나가서 일자리를 찾아야지. 언젠가 모피 수입상이 그에게 자기 운전수를 하지 않겠느냐고 권한 적이 있었다. 내일은 그를 만나 일자리를 부탁해야지. 이제 떳떳한 사람이 되리라, 이제는…….

그때 누군가의 손이 소우피의 팔을 잡았다. 얼른 뒤돌아보니 경찰관의 넓적한 얼굴이 보였다.

"여기서 뭘 하고 있는 거지?"

경찰관이 물었다.

"아무것도요."

소우피가 대답했다.

"그럼 가지."

경찰이 말했다.

이튿날 아침에 열린 즉결 심판에서 판사는 선고를 내렸다.

"섬에서 3개월 금고형에 처함."

되찾은 인생

지미 밸런타인이 형무소의 구두 공장에서 부지런히 구두 갑피를 깁고 있는데, 간수 한 사람이 와서 그를 사무실로 데려갔다. 형무소 소장은 그날 아침 주지사가 서명한 사면장을 지미에게 건네주었다. 하지만 사면장을 받는 지미의 표정이 왠지 시큰둥했다. 그는 4년의 형기 중에 벌써 10개월째 감옥살이를 하고 있었다. 길어 봤자 3개월이면 나갈 수 있을 것으로 기대했는데 말이다. 지미 밸런타인처럼 바깥세상에 친구들이 많은 죄수는 '감옥살이'를 하더라도 머리 깎을 필요도 없이 곧 석방되곤 했다.

　"자, 지미 밸런타인."

　형무소 소장이 말했다.

　"내일 아침이면 바깥세상으로 나갈 수 있게 된다. 마음을 고쳐먹고 착하게 살기를. 자넨 원래 착한 사람 아닌가? 이제부터 금고에는 눈길도 주지 말고 정직하게 살기를 바란다."

"지금 저한테 하시는 말씀인가요?"

지미가 놀라는 척했다.

"저는 평생 금고를 털어 본 적이 없는데요."

"그래. 물론 아니겠지."

소장이 너털웃음을 웃었다.

"아니고말고. 그렇다면 왜 자네가 스프링필드 건으로 이 감옥에 오게 되었는지는 설명해 줄 수 있겠나? 사회적인 명사가 끼어든 일이라 솔직하게 알리바이를 대지 못하고 있는 건가? 아니면, 어떤 비열한 배심원 영감과 원수지간이라도 되어서 누명을 쓰고 온 건가? 자네처럼 억울하게 죄를 뒤집어쓰는 인간은 주로 이 둘 중의 하나거든."

"저요?"

지미는 여전히 어리둥절한 표정을 지었다.

"아니, 소장님, 전 평생 스프링필드라는 곳은 구경도 못 해본걸요!"

"크로닌, 이자를 데리고 가!"

형무소 소장이 말했다.

"그리고 내일 출소할 때 입을 옷도 준비해 주게. 아침 7시에 유치장 문을 열고 대기실로 데리고 가. 지미 밸런타인, 내 말을 명심해."

다음 날 아침 7시 15분, 지미는 형무소 소장의 사무실 밖에 서 있었다. 그는 주 정부에서 출소자에게 지급하는 옷을 입고 있었다. 몸에 맞지 않는 볼품없는 기성복에, 신고 있는 구두는 딱딱한 데다가 삐걱거리기까지 했다.

직원 하나가 지미에게 기차표 한 장과 5달러짜리 지폐 한 장을 건네주었다. 법에 따라 지미가 새사람으로 태어나 훌륭한 시민으로 잘살라고 주는 것이었다. 형무소 소장이 나와 시가 하나를 건넸고, 둘은 악수를 나눴다. 이리하여 전과 기록부에 '주지사 사면 인증'이라고 적히게 된 제9762호 죄수 밸런타인은 제임스 밸런타인 씨가 되어 따사로운 햇빛 속으로 걸어 나갔다.

새들이 지저귀고, 푸르른 나무들이 너울대며, 꽃들은 저마다 향기를 내뿜고 있었다. 그러나 이에 아랑곳하지 않고 지미는 곧장 식당을 찾아갔다. 그곳에서 자유의 몸이 된 것을 자축하기 위해 구운 닭 요리와 백포도주 한 병을 주문하고 이어 형무소 소장이 준 것보다 훨씬 고급 시가를 한 대 물었다. 식당을 나온 지미는 여유로운 발걸음으로 정거장을 향해 걸었다. 입구에 앉아 있는 장님의 모자에다 25센트짜리 동전 하나를 던져 주고, 기차에 올라탔다. 그리고 꼬박 3시간 걸려 주 경계선 근처에 있는 작은 마을에 도착했다. 지미는 마이크 돌란이 운영하는 술집을 찾아가 카운터에 홀로 있던 마이크와 악수를 나눴다.

"좀 더 빨리 꺼내 주지 못해서 미안하네, 지미."

마이크가 입을 열었다.

"스프링필드에서 어찌나 반대를 했던지 하마터면 주지사도 생각을 바꿀 뻔했다네. 그래, 기분은 좀 어때?"

"괜찮습니다. 그런데 내 열쇠는?"

지미가 말했다.

열쇠를 받아 든 지미는 위층으로 올라가서 뒤쪽에 있는 방문을 열었다. 모든 것이 떠날 때 그대로였다. 바닥에는 아직도 형사들이 저항하는 지미를 제압하여 체포할 때에 명탐정 벤 프라이스의 와이셔츠 깃에서 떨어져 나갔던 단추가 뒹굴고 있었다.

지미는 벽에 붙이는 접이식 침대를 잡아당긴 뒤 벽의 널빤지를 밀고 먼지투성이 가방 하나를 꺼내 열었다. 지미는 가방 안에 들어 있는 동부에서 제일가는 연장을 흐뭇한 표정으로 바라보았다. 그것은 특수 강철로 만든 완벽한 세트로서 최신식 드릴과 손잡이가 굽은 회전 송곳, 꺾쇠, 드릴 날과 쇠지레, 거멀못, 나사송곳 그리고 지미 자신이 고안한 연장도 두세 개 들어 있는, 그가 자랑하는 물건이었다. 이런 연장들을 전문적으로 만들어 파는 모처에서 9백 달러가 넘는 돈을 주고 장만한 것들이었다.

30분 뒤에 지미는 아래층으로 내려가 술집을 가로질러 갔다. 고상하고 몸에 꼭 맞는 옷으로 갈아입고 먼지를 말끔하게 털어낸 가

방을 들고 있었다.

"이번엔 무슨 건인가?"

마이크가 다정하게 물었다.

"저 말씀입니까?"

지미가 어리둥절한 말투로 되물었다.

"무슨 말씀인지. 전 뉴욕 쇼트 스냅 비스킷 크래커 앤드 프래즐 드 밀 주식회사 사원일 뿐입니다."

지미의 말과 태도가 무척 마음에 든 마이크는 그에게 그 자리에서 우유를 탄 셀처 탄산수를 한 잔 주었다. 지미는 원래 독한 술은 입에도 대지 않았다.

밸런타인 9762호가 석방된 지 일주일 후, 인디애나 리치먼드에서 아무런 단서도 없이 깨끗하게 금고가 털리는 사건이 발생했다. 8백 달러 좀 못 되는 돈이 몽땅 털렸다. 그리고 2주일 후, 로건 스포트에서는 도난 방지 특허를 받은 개량 금고가 마치 치즈 한 장을 벗겨 낸 듯 열렸는데 증권과 은화는 그대로 내버려두고 현금 1천 5백 달러만 사라졌다. 이쯤 되자, 전문 형사들은 사건에 관심을 갖기 시작했다. 이어서 제퍼슨 시티에서는 구식 금고 분화구가 활동을 시작해서 5천 달러나 되는 지폐를 분출했다. 이번에는 벤 프라이스 같은 명탐정들이 사건을 맡게 될 정도로 피해가 컸다. 피해의 보고 내용을 비교해 본 결과 금고 터는 수법에 눈에 띄는 공통점이 있었다. 벤 프라이스는 강도 사건 현장을 살펴본 후 다음과 같이 말했다.

"멋진 솜씨를 가진 지미 밸런타인의 짓이 틀림없어. 다시 활개를 치고 다니나 보군. 저기 다이얼 복합 자물쇠를 보라고. 마치 비 오는 날 무 뽑듯이 가뿐하게 열어젖혔잖아. 이걸 열 수 있는 집게를 가진 녀석은 지미 밸런타인뿐이라구. 이 말끔하게 뜯어낸 자물쇠 회전판은 또 어떻고! 지미는 절대 구멍을 여기저기 뚫지 않거든. 그래! 바로 그 녀석이야. 밸런타인 선생을 잡아야 해. 이번에는 정말 단기형이니 사면이니 하는 바보짓 하지 말고 제대로 감옥 생활을 하게 해 줘야지."

벤 프라이스는 지미의 수법을 꿰뚫고 있었다. 스프링필드 사건을 다룰 때 그의 강도 수법을 파악한 것이다. 재빠른 원거리 도주와 공범이 없는 점, 상류 사회에 대한 취미, 이 모든 것이 밸런타인 선생이 경찰의 포위망을 잘 피하는 강도로 이름을 떨치는 데 도움이 되었다. 어쨌거나 이 기막힌 강도의 종적을 벤 프라이스가 쫓고 있다는 사실이 알려지자, 도난 방지용 금고를 가진 사람들은 그나마 마음을 놓을 수 있게 되었다.

어느 날 오후였다. 아칸소 주의 검은 신갈나무가 무성한, 철로에서 8킬로미터쯤 떨어진 엘모어라는 작은 마을에 지미 밸런타인이 가방을 들고 우편 마차에서 내렸다. 지미는 고향에 갓 돌아온 대학 4학년생 운동선수 같은 모습으로 합판 보도를 따라 호텔 쪽으로 걸어 내려갔다. 한 젊은 여자가 거리를 건너오더니 길모퉁이에서 그를 지나쳐 '엘모어 은행'이라고 쓰인 간판 아래 문으로 걸어 들어갔다. 지미는 스치듯 그녀의 눈을 본 순간, 자신이 뭘 하는 인간인지 잊어버리고 완전히 딴사람이 되었다. 여자도 지미 곁을 지날 때, 눈을 내리깔고 살짝 볼을 붉혔다. 엘모어에서 지미 같은 옷차림이나 용모를 가진 청년은 보기 드물었기 때문이다.

지미는 주주라도 되는 양 은행 계단 위에서 빈둥거리고 있는 소년을 붙잡고, 간간이 동전을 한 닢씩 쥐어 주면서 마을에 대해 이것저것 캐묻기 시작했다. 그러는 사이에 젊은 여자는 은행을 나와 가방을 든 잘생긴 청년 따위는 아무 관심도 없다는 듯 고고한 표정으로 제 갈 길을 갔다.

"저 아가씨는 폴리 심슨 양이지?"

지미는 웅큼하게 시치미를 떼고 말했다.

"아뇨, 저 분은 애너벨 애덤스 양이에요. 아버지가 이 은행 주인이지요. 그건 그렇고, 아저씬 엘모어에 무슨 일로 온 거예요? 아저씨, 그 시곗줄, 금 맞아요? 전 불독을 갖고 싶어요. 이젠 동전 더 없어요?"

소년이 말했다.

지미는 곧장 플랜터스 호텔로 가서, 랄프 D. 스펜서라는 가명으로 방을 하나 빌렸다. 지미는 프런트에 기대어 호텔 직원에게 자기의 구상을 털어놓았다. 자신은 사업을 시작할 장소를 물색하러 엘모어에 왔다고 했다.

"이 마을은 구두 가게 경기가 어떻습니까? 예전부터 구두 가게를 차릴까 구상해 왔는데, 여기는 장래성이 있을까요?"

호텔 직원은 아나나 다를까, 지미의 예의바른 태도와 옷차림에 깊은 인상을 받은 터였다. 자신도 엘모어의 번지르르한 멋쟁이로 웬만큼 유행의 첨단을 걷는다고 자부했는데 지미를 보면서 자신이 아직 부족하다는 생각이 들었다. 호텔 직원은 지미의 넥타이 매는 방법을 눈여겨보면서 공손하게 정보를 알려 주었다.

"그렇습니다. 구두 가게라면 충분히 가능성이 있습니다. 여긴 제대로 된 구두 전문점이 없거든요. 주로 포목점이나 잡화상에서 구두를 취급하죠. 사실 엘모어의 모든 사업이 잘 나가는 편이죠. 스펜서 씨 같은 분이 엘모어에 가게를 차리시기를 저도 바랍니다. 여긴 살기도 좋고 사람들도 여간 상냥한 게 아니지요."

스펜서 씨는 이곳에 며칠 머물면서 좀 더 상황을 살펴야겠다고 마음먹었다. 호텔 직원은 급사를 부를 필요가 없었다. 그가 손수 가방을 들고 갈 작정이었다. 가방은 제법 무거웠다.

이리하여 지미 밸런타인은 갑작스럽게 사랑의 불꽃으로 타올라 잿더미가 되었고, 타다 남은 잿더미에서 날아오른 불사조 랄프 스펜서 씨는 엘모어에 정착하여 큰 성공을 거두었다. 그의 구두 가게는 날로 번창했다. 그는 사교계에서도 두각을 나타내어 친구들도 많이 사귀었다. 게다가 마음 깊이 바라던 일도 이루었다. 애너벨 애덤스 양을 만나 점점 그녀의 매력에 빠져들게 된 것이다.

1년이 지난 후 랄프 스펜서 씨의 상황은 다음과 같았다. 마을 사람들로부터 존경 받는 사업가가 되었고, 구두 가게는 나날이 번창했으며, 애너벨 양과 약혼까지 해서 2주일 뒤에 결혼을 앞두고 있었다. 근면 성실한 전형적인 시골 은행주 애덤스 씨가 랄프 스펜서를 마다할 이유는 없었다. 애너벨 양 역시 약혼자를 사랑하는 것만큼이나 자랑스러워했다. 스펜서 씨는 애덤스 씨 댁이나 애너벨의 시집간 언니 집에서 마치 가족처럼 편안하게 지냈다.

그러던 어느 날, 지미는 자기 방에 앉아 한 통의 편지를 쓴 다음 세인트루이스에 사는 옛 친구의 안전한 주소로 부쳤다.

그리운 친구여, 읽어 보게나.

다음 주 수요일 밤 9시에 리틀록에 있는 설리번 술집에서 만났으면 하네. 나를 대신해서 몇 가지 처리해 주었으면 하는 일이 있어서 그렇다네. 아울러 내 연장을 자네에게 주고 싶네. 자네가 기꺼이 받아 줄 거라고 생각하네. 천 달러를 준다 해도 그와 똑같은 것을 구할 수 없을 걸세. 빌리, 그리고 난 옛 직업을 완전히 버렸다네. 1년 전 일이네. 지금은 멋진

176

가게를 차려서 정직하게 돈을 벌고 있지. 그리고 2주일 후에는 세상에서 가장 아름다운 여성과 결혼한다네. 이것만이 유일하고 진정한 삶이 아니겠는가? 빌리, 이젠 누가 백만 달러를 준다 해도, 남의 돈이라면 1달러도 손대지 않을 걸세. 이 아름다운 아가씨와 결혼하면 갖고 있는 것을 모두 정리해서 서부로 갈 작정이라네. 서부라면 내 지난 과오가 드러날 위험이 거의 없을 테니까.

빌리, 다시 한 번 말하지만, 이 여인은 천사와 같아. 날 굳게 믿고 있지. 이제 어떤 일이 있어도 다시는 나쁜 짓은 하지 않을 걸세. 꼭 설리번 술집으로 와 주게. 자네를 꼭 만나야 하네. 그때 연장도 갖고 감세.

자네의 옛 친구, 지미로부터

지미가 이 편지를 쓴 뒤 월요일 밤이었다. 벤 프라이스 형사가 전세 마차를 타고 남의 눈에 띄지 않게 엘모어로 들어왔다. 그는 자신이 알고 싶은 것을 알아낼 때까지 소리 소문 없이 마을을 돌아다녔다. 지금은 '스펜서의 구두 가게' 건너편에 위치한 약국에서 랄프 스펜서라는 사람을 찬찬히 살피고 있었다.

"지미, 네 녀석이 은행가의 딸과 결혼할 거라고?"

벤이 혼잣말을 했다.

"음, 어떻게 될지는 두고 봐야지."

다음 날 아침, 지미는 애덤스 씨 댁에서 아침 식사를 했다. 그런 다음 리틀록으로 가서 결혼식 예복을 맞추고 애너벨에게 줄 멋진 선물도 살 계획이었다. 엘모어에 온 후로 이 마을을 떠나기는 이번이 처음이었다. 마지막으로 전문적인 '일'에서 손을 뗀 지 1년이 넘었으니, 이제는 밖으로 나가 봐도 괜찮을 거라고 생각한 것이다. 아침 식사 후, 가족은 모두 시내로 나갔다.

애덤스 씨와 애너벨, 다섯 살과 아홉 살 난 두 딸을 동반한 애너벨의 언니, 그리고 지미까지 해서 모두 여섯 사람이 아직도 지미가 머물고 있는 호텔에 도착했다. 지미는 묵고 있던 방으로 뛰어 올라가 가방을 가지고 내려왔다. 그리고 모두 은행으로 향했다. 은행 앞에는 지미의 말과 마차, 그리고 그를 기차역까지 태워 갈 돌프 깁슨이 대기하고 있었다. 온 가족이 조각을 새긴 높다란 참나무 난간을 지나 은행 사무실로 들어갔다. 지미도 그 안에 끼어 있었다. 장차 은행가 애덤스 씨의 사위가 될 사람은 어디서나 환영을 받았다. 애너벨 애덤스 양과 결혼할 멋지고 유쾌한 남자가 인사를 건네자 은행 직원들이 기쁘게 반겨 주었다. 지미는 가방을 내려놓았다. 그러자 행복감과 싱싱한 젊음으로 가슴이 벅차 오른 애너벨이 지미의 모자를 쓰고 가방을 집어 들었다.

"저 어때요? 잘나가는 영업 사원 같지 않아요?"

애너벨이 말했다.

"그런데 랄프, 가방이 왜 이리 무거워요? 황금 벽돌이라도 잔뜩 들어 있는 것 같아요."

"주석으로 도금한 구둣주걱이 꽉 차 있어서 그렇답니다."

지미는 침착하게 대답했다.

"지금 돌려주러 가는 길이에요. 직접 내가 갖다 주면 운송비가 절약되거든요. 참, 나도 꽤나 알뜰해졌다니까……."

엘모어 은행은 얼마 전 새 금고와 금고실을 완비했다. 애덤스 씨는 몹시 자랑스러워하며 보는 사람마다 구경 좀 해보라고 권했다. 금고실은 작았지만, 특허 받은 새 문이 달려 있었다. 큰 손잡이 하나로 강철 빗장 세 개를 한꺼번에 잠글 수 있었고, 시한 장치가 달린 자물쇠까지 붙어 있었다. 애덤스 씨는 빙그레 웃으며, 장차 사위가 될 스펜서 씨에게 조작 방법을 설명해 주었다. 스펜서 씨는 정중하게 굴었지만 그다지 큰 관심은 보이지 않았다. 어린 메이와 애거사는 번쩍거리는 쇠붙이와 우습게 생긴 시계 장치와 손잡이들을 보고 재미있어 했다.

한편 사람들이 이렇게 정신이 팔려 있는 사이에 벤 프라이스가 터벅터벅 은행 안으로 걸어 들어와, 난간에 팔꿈치로 몸을 기대고 그 사이로 슬쩍 안을 들여다보고 있었다. 그는 출납 담당 직원에게 특별히 볼일이 있어 온 것이 아니라, 아는 사람을 기다리고 있다고 말했다.

그때였다. 갑자기 여자들의 비명 소리가 한두 번 들리더니 이어 소동이 일어났다. 어른들이 한눈을 파는 사이에 아홉 살짜리 메이가 장난삼아 애거사를 금고실에 가둔 것이다. 그러고는 할아버지가 하던 대로 빗장을 잠그고 복합 자물쇠의 다이얼을 돌려 버린 것이다. 늙은 은행가는 즉시 손잡이에 달려들어 한동안 안간힘을 써 보았다.

"문이 열릴 리가 없지. 이 일을 어쩌지……."

그의 목소리는 신음에 가까웠다.

"시한 장치도 감아 두지 않았고, 자물쇠 복합 장치도 풀 수 있도록 맞춰 놓지 않았는데……."

애거사의 엄마가 미친 듯이 비명을 지르기 시작했다.

"잠깐만! 쉿!"

애덤스 씨가 떨리는 손을 들며 말했다.

"모두들 조용히 해요. 애거사!"

할아버지는 최대한 목소리를 높였다.

"내 말 들리냐?"

잠시 후 조용해졌을 때 캄캄한 금고실 안에서 공포에 질린 아이의 비명 소리가 희미하게 들려왔다.

"아, 소중한 내 딸!"

엄마가 울부짖었다.

"겁에 질려 죽을 수도 있어요. 문 좀 열어 주세요! 금고실 문을 부수면 되잖아요. 남자들이 어떻게 해볼 수 있잖아요."

"리틀록에 가야 이 문을 열 수 있는 사람을 찾을 수 있어. 거기보다 가까운 곳은 없어."

애덤스 씨의 목소리가 떨렸다.

"이를 어쩌면 좋겠나. 스펜서 군, 어떻게 해볼 수 없을까? 저 안에서 오래 견디지 못할 거야. 공기도 충분치 않고, 또 겁에 질려 발작을 일으킬지도 모르고."

애거사의 엄마는 이제 실성한 사람처럼 금고실 문을 내리쳤다. 다이너마이트를 사용해서 금고 문을 열자는 터무니없는 말도 들려왔다. 애너벨이 지미를 돌아보았다. 그녀의 큰 눈망울은 고통으로 가득했지만 아직 절망의 빛은 없었다. 여자는 자기가 사랑하는 남자에게는 불가능이 없다고 믿는 법이다.

"랄프, 어떻게 좀 할 수 없나요? 할 수 있지요? 그렇죠?"

지미는 사랑하는 여인을 바라보았다. 그의 예리한 눈과 입술에는 부드럽고도 묘한 미소가 번져 있었다.

"애너벨."

그가 말했다.

"당신이 꽂고 있는 그 장미를 내게 주겠소?"

잘못 들은 것은 아닌지 자신의 귀를 의심하면서도 애너벨은 곧 가슴 언저리에 꽂고 있던 장미 봉오리의 핀을 뽑아 지미의 손에 올려놓았다. 지미는 장미꽃을 조끼 주머니 깊숙이 찔러 넣고, 외투를 벗어 던진 후, 와이셔츠 소매를 걷어 올렸다. 이제 랄프 D. 스펜서는 없고, 지미 밸런타인이 그 자리에 있었다.

"모두들 금고실 문에서 비켜 주세요."

그가 짧게 명령했다.

지미는 탁자 위에 가방을 올려놓고 활짝 열어젖혔다. 지금 이 순간부터 지미는 주위 사람들을 전혀 의식하지 않는 듯했다. 그는 늘 그랬던 것처럼 가볍게 휘파람을 불며 가방 안에 들어 있던 번쩍이는 별별 기묘한 연장들을 꺼내 신속하고 질서 정연하게 늘어

놓았다. 사람들은 마치 마술에라도 걸린 것처럼 꼼짝도 하지 않고 깊은 침묵 속에서 그를 지켜보았다.

지미가 아끼는 드릴은 강철로 된 금고 문을 큰 저항 없이 순식간에 뚫고 들어갔다. 10분 만에, 그는 자신의 기록을 깨뜨렸다. 그는 빗장들을 뒤로 밀고 금고 문을 열었다.

애거사는 기진맥진해 있었지만 무사히 엄마 품에 안겼다. 지미 밸런타인은 외투를 걸치고 난간을 지나, 은행 정문 쪽을 향해 걸어

갔다. 그때 귀에 익은 목소리가 멀리서 자기를 부르는 것 같았다.

"랄프!"

지미는 조금도 당황해 하지 않았다. 덩치 큰 한 남자가 문 앞에서서 지미의 길을 가로막고 있었다.

"안녕하시오, 벤!"

여전히 아리송한 미소를 띤 채 지미가 말했다.

"기어이 나타나셨군. 자, 이제 갑시다. 이제, 이러나저러나 뭐가 달라지겠습니까?"

그런데 벤 프라이스의 태도가 이상했다.

"사람을 잘못 보신 것 같군요, 스펜서 선생."

그가 말했다.

"내가 선생을 알다니요, 천만에요. 저기 선생의 마차가 기다리고 있군요, 그렇죠?"

벤 프라이스는 돌아서서 거리를 따라 천천히 걸어 내려갔다.

소녀와 습관

메리엄은 명랑한 계산원이다. 그녀는 동네에서 가장 규모가 큰 '힌클 식당'에서 일하고 있다. 언론에 의하면 힌클 식당이 자리 잡고 있는 거리는 '뉴욕 상권의 중심지'이다. 그래서 매일같이 분주하다. 덩달아 메리엄도 12시에서 2시 사이엔 눈코 뜰 새 없이 바쁘다. 이 시간이면 많은 사람들이 고픈 배를 달래러 식당을 찾아온다. 우편물을 배달하는 소년부터 속기사, 중개인, 광산 주식 관련자, 다양한 후원인, 특허 승인을 목 빠지게 기다리고 있는 발명가, 부자든 가난뱅이든 할 것 없이 천차만별의 사람들이 힌클 식당에 와서 점심 식사를 하고 간다.

힌클 식당에서 손님들에게 돈을 받고 거스름돈을 계산해 주는 메리엄이 뭐 그리 대수롭냐고? 힌클 사장이야말로 식당의 중심인물이라고? 자, 이제부터 두 사람이 하는 일을 살펴보기로 하자. 먼저, 힌클 사장은 땀을 뻘뻘 흘리며 달걀을 지지고 토스트며 팬케이크, 커피를 만들어 수많은 손님에게 내놓는다. 이것이 그의 오전 작업이다. 오전에도 많이들 모여들지만, 점심시간에는 단골손님들이 그의 음식을 맛보러 벌떼같이 들이닥친다. 그래서 힌클 사장은 정오가 되면, 더 많은 양의 더 다양한 종류의 요리를 만들어 내야 한다. 손님들은 힌클 씨 덕분에 푸짐한 오찬을 즐기고 제 갈 길로 나선다.

반면 메리엄은 그저 튼튼한 철조망으로 사방을 높이 둘러싼 탁자 앞에 앉아 있기만 하면 된다. 당신이 둥글게 홈이 패인 구멍으로 웨이터에게서 받은 음식 명세서와 돈을 내밀 때 메리엄은 당신의 가슴을 설레게 한다. 그녀는 몹시 사랑스럽고 부지런한 여성이다. 또한 손님이 2달러를 내면 음식 명세서만 보고도 금세 45센트를 거슬러 줄 만큼 유능한 계산원이기도 하다. 그녀는 냉정할 때도 많다. 당신이 결혼해 달라는 말을 꺼낼 새도 없이, "자, 다음 손님!" 하고 입을 막는다. 그러면 말을 걸 기회가 사라져 버리고 만다. 메리엄에게 말을 걸기는커녕 다른 손님에게 "밀지 마세요"라고 말할 틈조차 없다. 이렇게 계산대에 앉아 있는 메리엄은 매우 사무적이다. 당신의 돈을 받아 신속하게 처리하고, 얼른 이쑤시개 있는 곳을 가리키기도 한다. 그녀는 눈 깜짝할 사이에 1센트짜리 25개를 센다. 그 어떤 계산원보다도 빠르다. 힌클 식당의 손님이 달걀 요리에 후춧가루를 원하는 만큼 다 뿌리기도 전에 돈을 받고 거스름을 내어 줄 정도이다. 하지만 그러는 동안 당신의 마음을 앗아 버리기 때문에 나로서는 안타깝기 짝이 없다.

"강렬한 빛이 왕좌 위에 비친다."

옛날부터 전해 내려오는 이 고상한 말씀이 이 식당의 손님들에게는 이렇게 둔갑해서 오르내린다.

"젊은 메리엄의 자리를 비춰 주는 빛 또한 강렬하도다."

힌클 식당을 찾아오는 손님 한 명이 메리엄을 보고 이런 극찬을 퍼부었는데, 그것이 유행어가 되고 만 것이다. 이렇게 힌클 식당에 오는 뭇 남성들은 메리엄의 매력에 푹 빠지게 된다. 평범한 직업을 가진 남성들에서부터 증권 중개인들에 이르기까지, 그 종류도 다양하다. 그들은 수단과 방법을 가리지 않고 그녀의 환심을 사고자 애쓴다. '큐피드의 화살 작전'이라고나 할까? 그동안 철조망의 구멍들 사이로 큐피드의 화살이 무수히 날아들었다. 미소는 물론이고, 윙크와 칭찬, 신사인 척하는 눈인사와 저녁 식사 초대, 모성애를 자극하려는 슬픈 표정과 한숨, 유쾌한 농담 들이 철조망을 통해 매력적이고 유능한 메리엄을 향해 쏟아져 들어왔다. 하지만 그녀는 이런 남성들의 화살 작전을 무시했다.

이제 젊은 여성에게 계산원이라는 직업이 별 볼일 없을 거라는 생각이 실수였음을 다들 인정할 것이다. 그녀는 그 자리에 앉아서 쉽사리 상업의 궁정을 다스리는 여왕이 된다. 그녀는 돈과 더불어 존경 받는 공작 부인도 되고 찬사를 받는 백작 부인도 될 수 있다. 손님들의 사랑을 한 몸에 받고, 맛있는 오찬도 주도할 수 있다. 당신은 그녀에게서 즐거운 미소와 자잘한 동전을 받아 들고 불평 한 마디 없이 식당을 나선다.

　마치 수전노가 보물을 애지중지하며 하나하나 세듯이, 당신도 그녀의 친절을 하나하나 마음에 담을 것이다. 철조망 때문에 쉽게 접근할 수 없는 것이 그녀의 매력을 더욱 키웠는지도 모르지만 어쨌든 키르케[+]와 프시케[++], 그리고 아테[+++]의 매력을 한 몸에 간직한 그녀는 맑은 눈동자에 아름답고 청순하고 깔끔하고 사랑스러운 원피스를 입은 천사였고, 사람들은 최고급 등심을 먹고도 비싸다는 생각을 하지 못했다.

　힌클 식당에서 식사를 하는 젊은 남자들은 하나같이 메리엄을 칭송하며 유혹하려 들었다. 그중 대부분이 극장 구경을 가자거나, 초콜릿을 사주고 싶다는 식으로 구애 작전을 펼친다. 나이가 좀 든 남자들은 메리엄이 과일나무 꽃처럼 예쁘다는 상투적인 칭찬과 함께, 할렘 가에 아파트를 사 주겠다고 넌지시 유혹하기도 한다. 구리 사업의 불황으로 돈을 잃은 한 주식 중개인은 힌클 식당

✢ **키르케** : 호머의 시 『오디세이』에 나오는 마녀.
✢✢ **프시케** : 그리스 신화에 나오는 에로스에게 사랑 받은 미소녀로, 영혼의 화신.
✢✢✢ **아테** : 그리스 신화에 나오는 복수의 여신.

에서 식사를 한 횟수보다, 메리엄에게 데이트를 신청한 횟수가 더 많았다고 한다.

다음은 정신없이 바쁜 점심시간에, 메리엄이 음식 값을 계산해 주며 손님들에게 습관처럼 하는 말들이다.

"좋은 아침입니다. 해스킨스 씨."

"당연하죠. 정말 감사합니다."

"농담하지 마세요."

"안녕, 죠니. 10센트, 15센트, 20센트. 자, 여기 있어요."

"잠깐만요. 다시 한 번 계산해 볼게요."

"황송하게 그런 말씀을 다 하세요. 어쨌든 감사합니다."

"보드빌 씨네요. 찾아주셔서 감사합니다."

"영화에 안 나오던데요."

"죄송하지만, 시몬 씨와 수요일 밤에 해다 게블러 극장에 가기로 약속했답니다. 「카터」를 볼 거예요."

"죄송해요. 이게 25센트짜리인 줄 알았답니다."

"25센트, 75센트 더하면…… 예, 1달러 맞아요."

"햄과 양배추 요리 드셔 보셨어요?"

"알겠습니다, 빌리 씨."

"누구 말씀이신지요?"

"그러시면, 사람들이 당장 달려올 거예요."

"어머나 세상에. 또 농담하시는 거죠, 바세트 씨. 아니라고요? 글쎄요, 언젠가 바세트 씨와 결혼할 날이 있겠죠."

"3달러, 4달러, 그리고 65센트를 더하면 맞아요. 5달러입니다."

"가능하면, 제발 그런 말씀은 하지 말아 주세요."

"10센트라고요? 70센트랍니다. 아, 여기 7이 아니라 1이었군요. 죄송합니다."

"사운더스 씨는 그렇게 해서 드시는 걸 좋아하시는군요."

"어떤 사람들은 호화로운 모습이 좋다고 하지만, 클리오 드 메로디에겐 절제된 역이 더 어울리는 것 같아요."

"10센트를 더하면, 50센트 맞아요."

"이제 그만 하세요. 코니아일랜드 공원 창구에서도 그런 식으로 하시면 안 돼요."

"예? 왜요? 매이시 백화점에서 샀어요. 잘 어울리지 않나요? 아, 너무하세요. 가벼운 질감의 옷이 이런 계절엔 딱 좋죠."

"또 오세요."

"지금 하신 말씀, 그것 벌써 세 번째예요."

"뭐라고 하셨죠? 제발 그만 하세요."

"납으로 만든 25센트 동전은 저의 오랜 친구랍니다."

"65센트라…… 윌슨 씨 급료가 올랐나 봐요?"

"드 포레스트 씨, 지난 화요일에 6번가에 계셨죠? 저도 거기 있었답니다."

"정말 멋지세요. 어쩌면 좋아. 그 숙녀는 어떤 분이죠?"

"그게 어때서요. 여긴 남미가 아니잖아요."

"맞아요. 전 섞은 것이 좋더라고요."

"금요일요? 정말 죄송해요. 금요일엔 무술 강습을 받거든요. 그럼 목요일로 해요."

"감사합니다. 오늘 아침에 열여섯 번이나 그런 말씀을 들었어요. 음, 제가 예쁘긴 예쁜가 봐요."

"이제 그만 하시죠? 지금 저한테 말씀하시는 것 맞죠?"

"웨스트브루크 씨, 왜 그렇게 생각하시는지 모르겠지만, 좋은 생각 같아요. 80센트에 20센트니까 1달러 맞아요."

"정말 감사하지만, 전 신사분과 자동차를 함께 타지 않아요. 숙모도 함께 가신다고요? 글쎄요. 그럼 문제가 달라지겠지요."

"또 시작하시려는 건가요? 총 15센트입니다. 신사답게 그만 해주세요."

"안녕, 벤. 목요일에 이쪽으로 나올 거라고? 나에게 초콜릿이 도착할 거야. 어떤 분이 보내주신다고 했거든."

"40센트에 60센트를 더하면 1달러 맞아요. 그리고 또 다른 하나는……."

어느 날 오후 3시쯤이었다. 한 노인이 전차를 타기 위해 힌클 식당 옆을 걷고 있었다. 별명이 갑부 영감인 노인으로 심한 현기증으로 고생하고 있었다. 은행의 고급 간부인 그는 엄청난 부자이지만, 예사로운 사람은 아니었다. 돈 많은 노인이 평소에 전차를 타고 출퇴근을 하니 사람들에게 예사롭게 보일 리가 없었다. 그날 오후도 평상시처럼 사람들이 많았다. 노인은 길을 걷다가 무엇에 얻어맞기라도 한 듯이 별안간 쓰러졌다. 자, 비켜 주세요! 우리가 도울 겁니다! 주변에 있던 사마리아인과 경찰과 바리새파[+] 신도와 그리고 정체불명의 한 남자가 기절한 노인을 힌클 식당으로 모셔 왔다.

기절한 노인은 도시에서 명성이 자자한 맥람시 씨였다. 식당에 모셔온 지 얼마 후에 맥람시 씨가 조용히 눈을 떴다. 눈앞에 젊고 아름다운 여성이 보였다. 이 여성은 기절한 노인을 측은하게 바라보면서도, 입가에 엷은 미소를 짓고 있었다. 그리고 소고기 달인 물에 수건을 적셔 연신 노인의 이마를 닦아 내고, 용기에서 차가운 무언가를 꺼내 손을 다정하게 비벼 주었다. 맥람시 씨는 이내 조끼 단추 하나가 떨어진 것을 발견했다. 그리고 한숨을 내쉬었다. 이제야 의식이 완전히 회복된 것 같았다. 노인은 자신을 돌보고

✛ **바리새파**: 율법과 형식에만 치우쳐 그 정신을 망각한 고대 유대교의 한 파.

있는 이 아름다운 요정이 너무도 고맙게 느껴졌다. 이 얼마나 따뜻한 사람인가!

뭔가 둘 사이의 로맨스를 기대하는 독자들에게 고한다! 이 은행 간부 곁에는 평생의 반려자가 있었다. 맥람시 씨가 메리엄에게 느끼는 것은 아버지가 딸에게 느끼는 감정 같은 것이다. 맥람시 씨는 30분 동안 메리엄과 대화를 나눴다. 업무 시간에 하는 그런 대화가 아니라, 아주 인간적인 얘기가 오갔다.

다음 날 맥람시 씨는 부인과 함께 메리엄을 찾아갔다. 마침 이 외로운 두 노인에게는 브루클린으로 시집간 딸 외에 아무도 없었다.

이 짧은 소설을 더 축약해 보면, 결론은 이러저러해서 메리엄이 두 착한 노인의 마음에 쏙 들었다는 것이다. 맥람시 부부의 방문이 잦아졌고, 급기야는 메리엄을 집으로 초대하기에 이르렀다. 동부 거리에 있는 부부의 저택은 고풍스럽고 웅장했다. 솔직 담백한 메리엄은 금세 두 노인의 애정을 독차지했다. 노인들은 그동안 외로웠다. 맥람시 부부는 메리엄을 보고 있노라면 시집간 무남독녀가 생각난다고 입버릇처럼 말했다.

브루클린으로 훌쩍 떠나가 버린 노부부의 딸은 부처와 같은 온화한 성품에 조각 같은 외모를 지니고 있었다. 메리엄은 그들의 딸과 생김새가 비슷한 데다 미소도 아름다웠다. 이를테면 장미 꽃잎 위에 진주가 놓여 있는 모습 같았다. 어쨌거나 메리엄은 어떤 노부부라도 양녀로 삼고 싶을 만큼 귀엽고 사랑스러웠다.

그로부터 한 달이 흘렀다. 맥람시 부부가 메리엄을 자세히 알게 되기에 충분한 시간이었다. 어느 날 한산한 오후가 되었을 때 메리엄이 힌클 사장 앞으로 다가갔다. 그리고 이별 소식을 알렸다.

"맥람시 부부가 저를 양녀로 삼고 싶어 하세요."

안됐지만, 사장은 중요한 보물을 잃어버릴 참이었다.

"맥람시 부부는 재미있고 좋은 분들이랍니다. 그분들의 저택도 얼마나 멋진지 몰라요. 말할 필요도 없이 전 이제 명품 옷에 멋진 안경을 쓰고, 고급 마차도 탈 수 있고, 그리고 높으신 귀족과 결혼할 수도 있겠죠. 하지만 제 천직이라고 생각했던 일을 그만두기는 정말 싫어요. 얼마나 정들었던 계산대인데…… 제가 계산원으로 오래 일했었잖아요. 그래서인지 다른 생활을 시작한다는 것이 어색해요. 계산하기 위해 줄 서 있던 분들이 제게 건네주시던 재미있는 말씀들조차도 그리울 거예요. 그러나 아시겠지만, 이 기회를 놓치는 것도 쉽진 않아요. 다시 한 번 말씀드리지만, 맥람시 부부는 너무나 훌륭하신 분들이거든요. 사장님, 제게 지금 귀족들이나 누리는 생활 속에 뛰어들 기회가 생겼어요. 사장님, 참…… 이번 주에 제가 받을 주급이 9달러 62센트, 그리고 5센트 추가되는 것

맞지요? 힘드시면 5센트는 안 주셔도 돼요."

맥람시 부부는 메리엄을 반갑게 맞아 주었다. 이제 메리엄은 로사 맥람시라는 이름으로 새로운 삶을 살게 되었다. 그녀는 새로운 변화를 맘껏 누렸다. 미모는 한 꺼풀의 거죽에 불과하다지만 신경 역시 피부 가까운 곳에 있다. 신경이라, 당신은 방금 이 인용문을 염두에 두고 다음 이야기에 귀 기울여주기 바란다.

맥람시 부부는 양녀를 위해 온갖 정성을 다 쏟았다. 마치 샴페인에서 터져 나오는 거품처럼 돈도 마구 쏟아 부었다. 전문 의류 디자이너, 댄스 교사, 가정교사가 고용되었다. 맥람시 양은 부모님께 늘 감사를 느꼈다. 그리고 사랑으로 보답했다. 한편 힌클 식당에 관한 모든 기억은 잊으려고 애썼다. 얼마 후부터 힌클 식당에 관한 추억도 점점 사라져 갔다. 계산원으로 일하며 매일같이 했던 말들도, 이제 그녀의 기억 속에서 서서히 잊혀져 가고 있었다.

맥람시 가족이 살고 있는 뉴욕의 동부에 히테스버리 백작이 찾아온 날을 기억하는 사람들은 드물 것이다. 히테스버리 백작은 그저 평범하게 살고 싶었다. 당시에 빚 없는 사람이 얼마나 있었겠느냐마는, 히테스버리 백작은 다행히 그중 한 사람이었다. 그는 자신의 신분을 의식하는 사람도 아니었다.

어쨌든 그날, 모두들 기억하겠지만 지체 높은 가정의 딸들이 유명 호텔에 모여 자선 바자회를 열고 있었다. 당신은 그날 호텔에서 패니 양에게 바자회에 참석했다는 메모를 남겼는가? 아예 참석하지 못했다고? 괜찮다. 그날 저녁 아기가 너무 아팠을 거라고 짐작하고 있었다.

바자회에서 맥람시 가족은 단연 돋보였다. 그중 맥람시 양의 미모는 눈부시게 빛났다. 마침 미국을 좀 더 자세히 관찰하기 위해 바자회에 들른 히테스버리 백작은 맥람시 양을 주의 깊게 지켜보았다. 그녀에게서 눈을 뗄 수가 없는 것 같았다. 운명의 여신은 바자회에서 결말을 향해 치달을 예정이다. 원래 백작은 공작보다 지체가 낮지만 생각에 따라 더 나을 수도 있다. 신분이야 공작이 더 높겠지만, 빚이 많은 공작에 비한다면 빚이 전혀 없는 히테스버리 백작이 훨씬 낫지 않겠는가?

우리의 사랑스러운 전직 계산원 아가씨는 판매대를 할당 받았다. 맥람시 양은 볼품없는 물건에 터무니없는 값을 매겨 팔아야 했다. 어쨌든 매우 뜻 깊은 일이었다. 빈민가의 가여운 아이들을 위해 크리스마스에 만찬을 베풀어 주는 데 쓰일 계획이었다. 이 아이들은 크리스마스가 아닌 나머지 364일의 저녁 식사를 어떻게 해결할까, 궁금하지 않은가?

기쁘고 떨리는 마음으로 판매대에 선 맥람시 양은 일에 열중했다. 그 자태는 너무나 아름답고, 눈부시며, 사랑스러웠다. 그녀는 조그만 구멍이 뚫린 구리 철망 안에 갇혀 있었다. 당당하고, 우아하며, 신중하고, 존경스럽고, 지체 높은 히테스버리 백작이 오더니 창구를 들여다보았다.

"매우 아름다운 분이시군요. 절대 빈말이 아닙니다. 당신은 정말 사랑스러운 분입니다."

히테스버리 백작이 넌지시 그녀의 심중을 떠 보았다.

"지금 저한테 말씀하시는 건가요? 농담 하지 마세요. 빨리 계산이나 해 주세요. 귀족 아저씨."

그녀의 반응은 습관처럼 재빨랐고 냉정했다.

얼마쯤 지났을까? 갑자기 바자회 손님들이 웅성거리기 시작했다. 그리고 모두들 계산대 앞으로 몰려들었다. 히테스버리 백작은 그 근처에 서서 수염을 만지작거리며, 무슨 일일까 의아해 하고 있었다.

그때 누군가가 소리쳤다.

"어쩌면 좋아. 글쎄, 젊은 맥람시 양이 기절했다는군요."

작품 해설

'인간적인 너무나 인간적인' 단편 소설

작품에 녹아든 오 헨리의 삶

"오 헨리의 가장 큰 업적이라면 로맨티시즘과 현대 산업화된 도시를 성공적으로 결합시킨 점이다. 오 헨리는 로맨티시즘을 그대로 20세기에 가져왔다."

제스 F. 나이트(Jesse F. Knight)라는 평론가의 말이다. 오 헨리는 인생을 어떻게 바라보느냐에 따라 가난하고 팍팍한 삶도 얼마든지 로맨틱할 수 있다고 생각했다.

오 헨리 자신의 삶 또한 그랬다. 모험과 방랑을 좋아했던 그의 낭만적인 기질은 교도소까지 다녀오는 파란만장한 삶을 살게 했으며, 그런 삶의 고통은 유머라는 당의(糖衣)가 입혀진 채 작품 속에 그대로 녹아들었다.

본명이 윌리엄 시드니 포터(William Sidney Porter)인 그는 노스캐롤라이나 주의 그린스버러에서 태어났다. 아버지는 의사였으나 발명에 빠져 가정을 돌보지 않았고, 어머니는 오 헨리가 세 살 때 폐결핵으로 세상을 떠났다. 그리하여 세 살 때부터, 생계를 위해 사립학교를 열었던 고모 손에 자랐는데, 문학을 좋아하는 고모의 영향을 받아 디킨즈나 스코트의 소설에 심

202

취해 어린 시절을 보냈다. 훗날 오 헨리는 스무 살 이후 책을 한 권도 못 읽었다고 한탄하면서 책 속에 둘러싸여 지냈던 어린 시절이 가장 행복했다고 회상하기도 했다.

오 헨리의 교육은 사실상 여기까지가 전부다. 고등학교에 진학한 것으로 되어 있으나 졸업한 기록은 없고, 도중에 큰아버지의 약국에서 수습생으로 일하며 약사 자격증을 딴 것으로 되어 있다. 하지만 오 헨리는 약사 일에 이내 싫증을 느끼고 텍사스 초원으로 가서 목동 일과 우편배달부를 했다. 이 때의 경험이 훗날 남서부를 무대로 한 「서부의 마음 Heart of The West」과 같은 단편의 밑거름이 되었음은 물론이다.

텍사스 초원에서 생활한 지 2년여 만에 오 헨리는 주도시인 오스틴으로 가서 토지 관리국 사무소에 취직했다. 그 시절 아내 에이솔 에스티스(Athol Estes)를 만나 결혼을 하고 다시 은행 출납계로 일자리를 옮겨 틈틈이 소설을 쓰면서 「구르는 돌 Rolling Stone」이라는 유머 주간지를 발행했다. 당시 그는 기삿거리를 찾아 길거리를 돌아다니기도 하고 상류 사회의 파티장도 기웃거리며 다양한 인생을 관찰하는 날카로운 시각을 길렀다.

그러나 신문 경영은 적자만 누적될 뿐이어서 그를 경제적으로 곤란에 빠뜨렸다. 결국 오 헨리는 친구들의 도움으로 「휴스턴 포스트」 지에 취직을 하게 되어 가족을 이끌고 휴스턴으로 옮겨 갔다. 그리고 유머러스한 글과 그림 솜씨를 발휘해 「휴스턴 포스트」 지의 시사 풍자 코너를 맡아 대중의 인기를 얻게 되었다. 그러나 평온했던 생활도 잠시뿐이었다. 그가 전에 다니던 은행으로부터 공금 횡령죄로 기소를 당한 것이다. 하지만 오 헨리는 재판을 받으러 가는 도중 뉴올리언스를 거쳐 중앙아메리카의 온두라스로 도망 다니며 떠돌다 폐결핵을 앓던 아내가 위독하다는 소식을 듣게 된다. 그는 아내의 임종을 지키기 위해 휴스턴으로 돌아왔다가 체포되어 5년형을 선고 받았다.

오 헨리의 범죄 사실에 대해서는 그의 전기 작가마다 의견이 분분하다. 그러나 모두가 인정하는 한 가지는 오 헨리가 교도소 생활을 하지 않았다면 과연 미국 문학사에 오 헨리라는 작가가 존재했을까 하는 점이다. 그만큼 그때의 체험은 오 헨리가 작가로서 성장하는 데 귀중한 밑거름이 되었다. 더구나 모범수로 교도소 안에서 약사 일을 했던 그는 시간적으로도 여유가 있어서 수감 생활 동안 15편에 이르는 단편을 발표하기도 했다. 오 헨리라는 필명도 그때부터 쓰기 시작했다고 하는데, 그가 편집자들에게 자신의 정체를 숨기기 위해 복역했던 교도소의 간수장 오린 헨리(Orrin Henry)의 이름을 빌렸다는 주장도 있고, 작가가 기르던 고양이의 별명에서 따왔다는 주장(고양이 이름은 '헨리' 였는데 '오, 헨리' 라고 불러야만 잘 따랐다고 한다)도 있다.

어쨌든 모범수로 5년형을 3년으로 감형 받아 출소하게 된 오 헨리는 1902년에 난생처음 뉴욕 땅을 밟았다. 「마지막 잎새」를 비롯해 뉴욕을 무대로 한 오 헨리의 많은 걸작들이 탄생한 이른바 뉴욕 시대가 열린 것이다. 오 헨리는 그로부터 4년 동안 일주일에 한 편이라는 놀라운 속도로 단편 소설만을 쓰면서 경제적으로 윤택한 시기를 보내고 대중적인 인기도 얻었다. 당시 뉴욕은 근대 자본주의가 양산해 낸 샐러리맨들의 소시민적 생활이 넘친 데다 아메리칸 드림을 꿈꾸며 건너온 각국의 가난한 이민자들로 다채로운 뒷골목의 삶이 펼쳐지고 있었다. 작가에게 그보다 소설적 상상력을 기르는 데 좋은 환경은 없었을 것이다. 오 헨리는 실제로 틈만 나면 거리로 나가 공원 벤치를 서성거리거나 뒷골목의 싸구려 술집을 드나들며 소설의 소재를 찾았다.

1904년에 첫 단편집 『양배추와 왕 Cabbages and Kings』을 출간하고, 1906년에 『400만 The Four Million』을 발표하면서 오 헨리의 작가적 위치는 확고해졌다. 특히 단편집 『400만』에는 「20년 후 After Twenty Years」, 「경찰관과 찬송가 The Cop and the Anthem」, 「크리스마스 선물 The Gift of the Magi」 등 오늘날 걸작으로 꼽히는 명작들이 수록되어 있었다.

그 후 1907년에는 다시 한 번 뉴욕 생활에서 취재한 『손질 잘한 램프 The Trimmed Lamp』와 텍사스에서의 체험을 바탕으로 한 『서부의 마음』을 잇달아 출간했다. 그 무렵 오 헨리는 어릴 적 소꿉친구 새러 린제이 콜먼과 재혼하여 새로운 생활을 시작했지만 결혼 생활은 행복하지 않았다. 이제는 선금을 받고 소설을 쓰는 유명 작가가 된 오 헨리가 글이 잘 써지지 않는 초조감을 술로 잊으려 했고, 그 즈음 방랑벽이 다시 도진 탓이기도 했다.

결국 그는 아내와 헤어져 뉴욕의 그리니치빌리지로 거처를 옮긴 뒤 자기만의 세계에 빠져 은둔하다시피 했다. 1909년에는 극작에도 손을 댔지만 실패했다. 그리고 이듬해인 1910년 자신의 아파트에서 지켜보는 이라고는 의사뿐인 가운데 지병인 간경변으로 숨을 거두었다.

그의 장례식은 생전에 그가 사랑했던 매디슨 광장 근처의 「경찰관과 찬

송가」, 「몹시 바쁜 브로커의 로맨스」 등에 나오는 '모퉁이의 조그만 교회'
에서 거행되었다.

오 헨리가 세상을 떠난 뒤에 단편집 『회전목마』, 『뒤죽박죽』 등의 유고집
이 발표되었고, 그의 단편들은 수없이 영화화되어 지금까지도 전 세계인의
사랑을 받고 있다. 그는 작가로서 지냈던 10년이 채 안 되는 기간 동안 약
300편의 작품을 남긴 전형적인 단편 소설 작가였다. 1918년, 뉴욕의 예술
과학협회는 오 헨리의 단편 소설 정신을 이어받아 '오 헨리 기념 문학상'을
제정했다.

오 헨리의 작품 세계

오 헨리의 단편이라고 하면 으레 떠오르는 특징이 있다. '오 헨리 식의 결
말'이라고도 알려져 있는 '의외의 결말', 가난하고 소외된 노동자라든지 이
민자, 거지와 부랑아, 삶의 낙오자와 패배자처럼 삶의 밑바닥을 떠도는 사
람들이나 저임금 여성들의 삶을 해학과 유머로 생생하게 묘사하며 무엇보
다도 밑바탕에는 그들에 대한 연민과 사랑이 깔려 있다는 점 등이다. 이 책
에서 소개하는 단편들도 우연인지 필연인지 모두 그러한 경향의 작품들이
다. 정확히 말하면 기존에 갖고 있던 오 헨리의 단편 소설에 대한 선입견이
미발표 작품을 고르는 데에도 작용했다고 보는 게 맞을 것이다.

우리가 오 헨리의 단편에 대해 갖고 있는 일반적인 인상은 두 번째 단편
집 『400만』을 통해 형성되었다고 볼 수 있다. '400만'이라는 숫자는 워드

맥앨리스터(Ward McAllister)가 "뉴욕에서 알아 둘 만한 가치가 있는 사람은 기껏해야 400명밖에 되지 않는다"고 말한 데 대해 오 헨리가 "400명이 아니라 400만 명은 된다"고 항변했던 데서 나왔다. 당시 뉴욕 시의 인구는 400만 명이었는데, 오 헨리는 뉴욕에 살고 있는 사람 모두가 신분이나 재산, 학식에 관계없이 '알 가치가 있는 사람들'이라고 생각했던 것이다. 앞에서도 말한 뜻밖의 결말로 독자를 깜짝 놀라게 하는 '트위스트 엔딩'이라고 하는 수법은 단편집 『400만』이후 오 헨리의 트레이드마크가 되었고 작가로서의 위치 또한 확고하게 다져 주었다.

또한 오 헨리는 흔한 소재를 가지고 다채로운 이야기로 꾸며 내는 재주를 갖고 있었다. 어느 날 레스토랑에서 동료 유머 작가가 오 헨리에게 "도대체 어떻게 그렇게 재미난 이야깃거리를 찾아내어 플롯을 만드는 것이냐"고 물었다. 그러자 오 헨리는 이렇게 대답했다. "이야깃거리는 어디든지 있지. 여기, 저기에 어디든 굴러다니니까." 그러면서 마침 앞에 놓여 있던 식단표를 힐끗 보더니 '바로 저기에도 이야깃거리가 있지'라고 말했다. 그렇게 해서 탄생한 작품이 바로 「식단표에 찾아온 봄」이다.

아닌 게 아니라 오 헨리는 자본주의의 중심인 뉴욕에서 동양적 환상이 낳은 아라비안나이트의 매력과 색채를 보았다. 그래서 뉴욕을 '지하철 위의 바그다드'라고 표현하기도 했다. 슬럼프에 빠졌을 때 어떻게 하느냐는 질문에는 "슬럼프에 빠지면 글을 억지로 쓰려 하지 않고 거리에 나가 돌아다닌다. 거리의 군중 속으로 들어가 실제 인생의 고통과 박력을 직접 피부로 느낀다"고 대답했다. 그에게 뉴욕은 천 가지 이야기를 끄집어낼 수 있는 영감의 원천이었다.

그는 가난하고 외로운 사람들을 따뜻한 눈으로 바라보고 그들의 약점과 한계를 너그러운 마음으로 이해하며 소설의 소재로 끌어들였다. 「식단표에 찾아온 봄」에서는 발품을 팔아 일거리를 찾아다녀야 하는 저임금의 프리랜서 타이피스트, 「재물의 신과 사랑의 신」에서는 황금만능주의에 젖어 사람의 마음도 돈으로 살 수 있다고 믿는 벼락부자, 「경찰관과 찬송가」에서는 겨울을 교도소에서 나려고 범죄를 저지르는 노숙자, 「토빈의 손금」에서는 하는 일마다 틀어져 손금에 나타난 운명에 집착하는 가난한 이민자, 「도시의 패배」에서는 세련된 도시민이 되기 위해 고향을 부정했던 출세한 변호사의 삶을 명랑하고 해학적으로, 그러나 연민의 눈으로 바라본다.

그래서 평론가들은 오 헨리가 동시대의 스티븐 크레인이나 프랭크 노리스, 데오도르 드라이저 같은 사실주의자들과는 달리 세상과 맞서는 데 별 관심이 없었다고 지적한다. 언뜻 보면 오 헨리의 소설 속 도시에는 '악'이 존재하지 않는다. "그의 소설은 명랑하고 가벼운 비엔나 왈츠의 분위기가 난다"고까지 하는 이도 있다. 그렇다고 오 헨리가 사회 문제에 관심이 없었다고 말할 사람은 없을 것이다. 그는 사회의 밑바닥 인생, 특히 환경에 희생당한 사람들에게 관심을 가졌고, 고용주가 고용인에게 일주일에 고작 6달러의 임금밖에 주지 않는 것은 불평등한 시스템 때문이라고 생각했다. 데오도르 루스벨트 대통령이 오 헨리의 「벽돌가루 연립주택 Brickdust Row」이라든지 「끝나지 않은 이야기 An Unfinished Story」 같은 작품을 읽고 저임금의 직업여성에 관해 관심을 갖게 되었다는 일화는 유명하다.

다만 로맨티스트답게 그에게는 고통을 유머로 재치 있게 비틀 줄 아는 무기가 있었다. "오 헨리가 느끼는 고통은 그가 소설 속에서 보여 주고자 했던 가장 귀중한 재산이었다. 오 헨리는 인간의 어리석음을 기분 좋게 찌를 줄 알았고, 그 풍자는 인간에 대한 사랑과 애정에서 비롯된 부드러운 것이었다. 따라서 그의 유머는 통렬하지 않다."

바로 그런 점이 백 년이 지난 지금까지도 그의 소설이 우리를 울리고 웃게 하고 생각하게 만드는 이유가 아닐까. 일찍이 오 헨리의 전기를 쓴 알폰소 스미스는 "워싱턴 어빙은 단편 소설을 전설화했고, 에드거 앨런 포가 그것을 표준화했으며, 나다니엘 호손이 '우화화'하고 브렛 하트가 '지역화'했다면, 오 헨리는 단편 소설을 '인간화'했다"고 주장했다. 인도주의야말로 오 헨리 문학의 핵심적인 주제이며, 모든 작품 속에 흐르는 한 가지 주제가 있다면 바로 인간에 대한 뜨거운 동정과 이해이다.

시골 출신으로 벼락출세한 뒤 고향을 외면하고 지내다가 우연히 고향을 찾은 「도시의 패배」의 로버트 웜즐리, 그가 자연과 동화되면서 마음으로부터 서서히 자신의 본성과 뿌리를 되찾는 과정은 읽은 사람으로 하여금 함께 안타까워하고 흥겨워하고 마침내 안도감을 느끼게 한다. 하는 일마다 꼬이는 이유가 자신의 손금 때문이라고 믿는 친구 토빈을 위해 설령 자신은 손금을 믿지 않아도 친구의 곁을 지키는 것이 우정이라고 생각한다는 잔의 말은 또 얼마나 감동적인가! 그 밖에 인생의 새 출발을 앞둔 금고털이범을 못 본 척하는 「되찾은 인생」의 벤 프라이스 형사, 유명한 정치인 빌리 맥매한이 존경하는 사회사업가 밴 듀이킨크가 가장 존경하는 사람이 다름 아닌 빈

민가의 재봉사 견습공이었다는 내용의 「존경의 삼각관계 Social Triangle」,
가난한 부부가 서로 자신의 가장 소중한 것을 팔아 마련한 선물을 동방 박
사가 아기 예수에게 선물했던 황금과 유향과 몰약에 비유한 「크리스마스 선
물」에 이르기까지, 가르치려 들지 않아도 그 속에서 우리는 뜨거운 인간애
와 헌신적인 사랑을 교훈으로 얻는다.

한편 오 헨리는 내용과 주제뿐만 아니라 기교와 형식 면에서도 참신한 시
도를 했다. 바로 그 점이 오 헨리가 일주일에 한 편이라는 속도로 다작을 했
음에도 불구하고 비난으로부터 비교적 자유로운 이유일지도 모른다. 그는
언어의 연금술사라고 할 만큼 비유법이나 언어 유희에 있어 놀라운 솜씨를
보였고, 「식단표에 찾아온 봄」이라든가 「재물의 신과 사랑의 신」, 「크리스
마스 선물」과 같은 작품에서는 작가 자신이 작품에 등장하여 창작 과정을
설명해 주는 포스트모더니즘 소설의 요소를 선보이기도 했다.

그럼에도 오 헨리의 소설이 오늘날 엄격한 기준에 딱 들어맞기에는 부족
한 점이 있다고 지적하는 사람들이 있다. 심오하기보다는 피상적이고 말만
번지르르하며 오랫동안 인정받아 온 패턴에서 벗어나 있고 허둥지둥 끝나
버린다, 플롯도 그렇지만 캐릭터도 되풀이되는 경향이 있으며, 익숙한 주제
를 가지고 다양하게 바꾸는 재능만 가지고 글을 지탱했다는 비난이다(뉴욕
시절 생계를 위해 주간지에 기고했던 60~70편의 작품을 두고 그런 비난이
있었으며, 책상에 앉아서 상상력만으로 썼을 거라고 딴죽을 거는 사람들도
있었다).

그러자 한 평론가는 이렇게 맞받아쳤다.

"그렇더라도 오 헨리는 타의 추종을 불허하는 걸작을 남겼다. 그가 쌓아 올린 금자탑을 가만히 내버려둬라. 평론가들이 그 탑의 기반을 쪼아 댈수록 탑에 낀 때만 깨끗이 없애 줄 뿐이다."

오 헌리 연보

1862년   미국 노스캐롤라이나 주 그린스버러에서 아버지 알제논 시드
니 포터와 어머니 메리 에인 버지니아 스웨임 사이의 셋째 아
들로 태어났다. 본명은 윌리엄 시드니 포터이다.

1865년(3세)   어머니가 폐결핵으로 세상을 떠난 후 고모 이블리나의 집으로
옮겨 갔다.

1867년(5세)   고모 이블리나가 생계를 위해 차린 사립학교에 입학해 공부를
시작했다.

1876년(14세)   이블리나의 사립학교를 졸업, 린제이 스트리트 고등학교에 입
학했다.

1879년(17세)   숙부 클라크의 약국에서 약사 견습 일을 시작했다.

1881년(19세)   노스캐롤라이나 약사 협회에서 약사 면허를 받았다.

1882년(20세)   폐결핵 진단을 받고 그린즈보로를 떠나 텍사스 남서부로 갔
다. 그곳에서 양치기, 우편배달부, 외양간 수리 따위의 일을
했다. 스페인어를 배웠다.

1887년(25세)   텍사스 토지 관리국에서 근무했다. 오스틴에서 에이솔 에스티
스와 결혼했다.

1888년(26세) 아들을 낳았으나 곧 잃었다. 아버지 알제논이 세상을 떠났다.

1889년(27세) 딸 마거릿 워드가 태어났다. 아내가 폐결핵에 걸렸다.

1891년(29세) 토지 관리국을 그만두고 오스틴 퍼스트 내셔널 은행 금전출납계에 취직했다.

1894년(32세) 은행에 근무하면서 친구인 J. P 크레인과 공동으로 「구르는 돌」이라는 유머 주간지를 발행했다.

1895년(33세) 공금 횡령죄로 재판을 받았다. 배심원들은 무죄를 주장했으나 연방은행 검사관은 재심을 청구했다. 「휴스턴 포스트」 지에 많은 스케치와 단편을 실었다.

1896년(34세) 2월에 휴스턴에서 기소되어 같은 달 체포되었다. 장인의 도움으로 2천 달러의 보석금을 내고 석방되었다. 7월, 오스틴 법정으로 가던 중 뉴올리언스로, 이어서 온두라스의 트루히요로 도망했다. 두 곳에서의 체험이 훗날 그의 작품에 풍부한 자료를 제공해 주었다.

1987년(35세) 장인의 도움으로 보석금을 내고 공판을 연기한 상태에서 아내가 세상을 떠났다.

1898년(36세) 유죄 판결을 받았다. 공금 횡령죄로 4월 25일부터 5년 간 오하이오 주 콜럼버스 연방교도소에서 복역했다. 「리바 캐년의 기적」이 W. S. 포터라는 이름으로 세인트 폴 「파이오니어 프레스」 지와 맥루어 계 신문에 실렸다. 이름의 철자를 Sidney에서 Sydney로 고치고 William을 삭제했다.

1899년(37세) 존 아버드노트라는 필명으로 시 「Promptings」를 발표했다. 12월에 「맥루어」 지에 오 헨리라는 필명으로 「휘파람 딕스의 크리스마스 스타킹」을 발표했다. 3년 3개월로 감형되었다.

1901년(39세) 출소했다.

1902년(40세) 「하그레이브즈의 1인 2역」을 발표했다. 뉴욕으로 갔다. 오 헨리라는 이름이 잡지계에서 주목 받기 시작했다.

1904년(42세) 첫 단편집 『양배추와 왕』을 출간했다.

1906년(44세) 두 번째 단편집 『4백만』을 출간했다.

1907년(45세) 어릴 적 소꿉친구인 새러 린제이 콜먼과 결혼했다. 「손질 잘한 램프」, 「서부의 마음」을 발표했다.

1908년(46세) 「도시의 목소리 The Voice of The City」, 「상냥한 사기꾼 The Gentle Grafter」을 발표했다.

1909년(47세) 아내 새러 린제이 콜먼과 헤어지고 딸 마거릿을 기숙학교에 입학시킨 뒤 자신은 호텔 생활을 했다. 단편집 『운명의 길들 Roads of Destiny』을 출간하고, 프랭클린 P. 애덤스와 함께 볼드윈 슬로안의 음악으로 「LO」의 극화를 시도했다. 「선택들 Options」을 발표했다.

1910년(48세) 「순전히 장삿속 Strictly Business」을 발표했다. 6월 5일 과로와 과음, 간경변과 당뇨병으로 뉴욕 종합병원에서 세상을 떠났다. 노스캐롤라이나에 묻혔다. 사후에 「회전목마

Whirligigs」,「너의 맥박을 느끼게 해 줘 Let Me Feel Your Pulse」,「두 여인 The Two Women」 등이 유고집으로 발표되었다.

1911년   유고 단편집 『뒤죽박죽 Sixes and Sevens』이 출간되었다.

1912년   유고 단편집 『구르는 돌』이 출간되었다.

1917년   유고 단편집 『잡동사니 Walfs and Strays』가 출간되었다.

1918년   14권짜리 『오 헨리 완간집 The Complete Writing of O. Henry』이 출간되었다.

1920년   『오, 헨리야나 O. Henryana』, 알폰소 스미스의 『오 헨리 선집 Selected Stories』이 출간되었다.

1922년   『리소폴리스에게 보내는 편지 Letters to Lithopolis, from O. Henry to Ma bel Wagnalls』가 출간되었다.

1923년   「휴스턴 포스트」지에 실렸던 초기 작품집을 모은 『후기 Post Scripts』가 출간되었다.

1939년   『오 헨리 선집 The Best of O. Henry』이 출간되었다.

옮긴이 **이은정**

숙명여자대학교 영문과를 졸업했다. 옮긴 책으로는『대부』『나는 조지아의 미친 고양이』
『굿바디』『검약론』『처칠과 히틀러의 리더십』 등이 있다. 오 헨리의 단편 소설을 옮기면
서 매료되어 그의 전작을 우리말로 옮기고픈 바람을 갖게 되었다.

옮긴이 **김동미**

동국대학교 사범대학에서 교육학을 전공했고, 부전공으로 영문학을 공부했다. 옮긴 책
으로는『지구에서 즐겁게 살아가기』『위대한 지도자 링컨』『앤드류 카네기 평전』『한영
동화』 등이 있다.

그린이 **이선민**

공주대학교 미술교육과에서 서양화를 공부했다. 현재 mqpm 소속으로 활동하고 있다.
'시골쥐'라는 별명처럼 충북 청주에 있는 작업실에서 그림만 그리고 있지만, 가끔은 자
투리 천을 이용해 자신을 닮은 인형을 만들기도 한다. 그린 책으로『글자 죽이기』『용과
함께』『강강수월래』 등이 있다.